玩　笑

[意大利] 多梅尼科·斯塔尔诺内 ／ 著

陈　英 ／ 译

上海译文出版社

目　录

第一章

一

一天晚上，贝塔打电话给我，语气比平时更焦急。她告诉我，她和丈夫要去撒丁岛卡利亚里参加一场数学研讨会，问我可不可以帮她看几天孩子。我女儿女婿住在那不勒斯，他们住的老屋是我已故的父母留给我的，我女儿从结婚前就一直住在那里，而我已经在米兰生活了二十多年，着实不愿再回去了。我如今年过七十，鳏居多年，已经不习惯与人同住，还是睡自己的床、用自己的洗手间比较自在。除此之外，几周前我动了场外科小手术，手术后我的身体并没什么起色，反而更虚弱了。尽管每天早晚医生都会来我的病房巡视，告诉我一切正常。可我的血红蛋白还是很低，铁蛋白也少得可怜。某天下午我头晕眼花，把对面的白墙看成了许多朝着我探头探脑的白色小虫子。医生为我紧急输血，血红蛋白上来了一点，他们就把我打发回家了。但现在我身体很难恢复，早晨一起来我就浑身乏力。要双脚站立起来，我得积聚全身的力量，用手捏着大腿，上半身向前俯下，就好像手提箱的上翻盖似的。我下定决心，用下肢的肌肉站起来，但这会让我疼得背过气去。只有背部的疼痛渐渐减轻了，我整个人才能站起来。

我缓缓把手指从大腿上松开，手臂放在身子两侧，气喘吁吁，吃力地直立起来。因此面对贝塔的请求，我不由自主地问：

"你就那么在意这场会议吗？"

"爸爸，这是工作，我得作开场报告，第二天下午，萨维里奥也要发言。"

"你们要在外面待多久？"

"十一月二十号到二十三号。"

"所以我得和孩子单独相处四天？"

"萨莉每天早上都会来打扫屋子，给你们做饭，而且马里奥也会照顾自己的。"

"没有任何一个三岁孩子能自己照顾自己。"

"马里奥四岁了。"

"四岁也不能啊。这不是重点，问题是我得完成一项紧急工作，可我还没动笔呢。"

"什么工作？"

"给亨利·詹姆斯的小说画插图。"

"小说讲的是什么呀？"

"一个人回到了纽约的老房子里，在那儿遇见了一个幽灵。如果他当年成为商人，就会变成这个幽灵。"

"你什么时候开始给这种故事配图了？还有一个月左右的时间，你来得及的。如果二十号之前你还没完成的话，可以把工作带过来做，马里奥不会打扰大人的工作。"

"上一次见他时，他还总是要人抱着。"

"你上一次见他都是两年前了。"

女儿开始指责我，她说我是一个不称职的父亲，也是一个不称职的外公。我一时羞愧，忽然表现得很热情，信誓旦旦地向她保证，无论什么时候，只要她需要，我就会帮她看孩子。我回答得有些过于热情，她马上问我准备什么时候动身。我感觉女儿比平时更不悦，再加上我住院期间她顶多给我打过三四通电话，对我来说，她这种漠不关心就是对我的惩罚，因为我也一直对她很冷淡。因此我向她保证，我会在会议一周前到达那不勒斯。这样孩子也能提前适应和我在一起。最后，我又假装热情地说，我真想和小外孙好好待一阵子，享受一下天伦之乐，她完全可以放宽心地去开会，我和马里奥会相处得很愉快。

像往常一样，我没能信守自己的承诺。那个年轻编辑一直在催促我，想知道插画画得怎么样了。我的身体一直不见好转，工作一直没有进展，在他的催促下，我只能匆匆忙忙地画了几页。但有一天早上，我又开始失血，我不得不慌忙去看医生，虽然检查结果一切正常，但他还是让我一周之后再做一次检查。就这样，一件又一件事拖着我，我十一月十八号才出发去那不勒斯。走之前，我把匆忙画成还没润色的画稿发给了编辑。我随便收拾了一下行李，甚至都忘了给马里奥买礼物，我只是在包里放了两册我几年前画了插图的童话书。我心情很烦闷，去了车站。

我不想离开米兰，一路上都很心烦，也很疲惫，不停地出虚汗。天下着雨，我有些焦虑。火车在雨中向前疾驰，风也很大，一道道雨水划过车窗，根本看不清外面，我总担心车厢脱轨，或者被狂风吹翻了。我证实了一件事：人越老就越怕死。最后终于到了那不勒斯，尽管天气很冷，还下着雨，但我感觉好多了。我出了车站，没走几分钟，就到了那栋位于街角、我很熟悉的房子前。

二

对于我的到来，贝塔的表现让我惊讶。她现在四十岁了，每日疲于应付各种事情，我想不到她还能这么热情。她很担心我的身体，这也让我有些惊讶。她感叹说："看看你的脸色，真苍白，怎么瘦成这个样子！"她对我表示抱歉，因为在我生病住院期间，她从未来探望过我。她问起我的病情还有医生的诊断，语气很不安，我怀疑，她想搞清楚把孩子留给我是不是很明智。为使她安心，我开始恭维她，说得很夸张。她小时候，我就经常用这些话夸她。

"你真漂亮。"

"才不是呢。"

"你比电影明星都好看。"

"我又老又胖，而且脾气很差。"

"你开玩笑吧？你是我见过的最有魅力的女人。当然了，脾气就像是树皮，打开粗糙的表面，就会看到你敏感的一面，你就像你妈妈一样美丽动人。"

萨维里奥去幼儿园接马里奥了，可能快回来了，我希望贝塔能让我去房间里休息一会儿。我不常回那不勒斯，每次都住在洗手间旁边的那个大房间，那个房间有个小阳台，像加里波第广场上的一个炮台。我和几个兄弟姐妹都在这所房子里长大，那个阳台是这个家里唯一我喜欢的地方。我想一个人躺在床上休息几分钟，但贝塔在厨房里缠着我说话，我的行李和一个布包也都还在厨房里。她拉着我，开始抱怨大学里的工作，抱怨马里奥、萨维里奥，说丈夫把家里和孩子的重担都甩给她，还说了其他一些难以承受的压力。

"爸爸，"最后她简直是在叫喊，"我真是烦透了！"

她在洗碗池边洗菜，她说这句话时忽然向我转过身来，动作很激烈，像是抽搐了一下。有那么一刹那，我看到了她的样子，我觉得，她是我和她母亲四十年前轻率带到这个世界上来受罪的——这是我之前从来没有过的感觉。其实也不能这么说，因为现在已经没有阿达什么事儿了，她去世很多年了。现在，贝塔是我的女儿，我一个人的女儿，是我身体里的一个细胞，这个细胞的细胞膜也开始破损老化，或许这只是我一时的感觉。不一会儿，门口传来一阵声响，贝塔整理了一下情绪说，他们回来了，语气里喜忧参半。萨维里奥出现了，他虽然又胖又矮小，长着一张大饼脸，但总是人模人样，一本正经。他和优雅又苗条的贝塔站在一起，显得很不协调。小马里奥也出现了，他遗传了父亲的黑头发，一双大眼睛在那张瘦小的脸上尤为突出，他戴着顶红帽子，穿着蓝色外套，系一个天蓝色的领结。

马里奥看到我太激动了，他在门口愣了一会儿。我想，这孩子跟他爸爸长得真像，一点儿也不像贝塔。我带着一丝焦虑想，我就是这个孩子的外公，现在我们面面相觑——我们还很陌生，他一定对我有些无限的憧憬和期望——我有点夸张地张开双臂，对马里奥说："过来，小子，到外公这儿来，你都长这么大了。"他扑进我怀里，我不得不把他抱起来，同时说着一些表示高兴的话，我费力地抱起他，声音断断续续的。马里奥紧紧抱着我的脖子，他拼命亲着我的脸颊，一直不松手。

"别这样，外公要被你勒死了！"孩子的父亲说了一句，很快贝塔也介入了，命令马里奥放开我。

"外公不会跑的。这几天，你们会一直在一起，你们俩会住一个房间。"

对我来说，这可不是个好消息，我还想着，马里奥那么小，他会和父母住在一个房间里。我已经忘记了，在很久之前，即使阿达晚上很不放心、很难入睡，害怕自己听不见孩子的哭声或者忘了给孩子喂奶，我也希望贝塔能自己乖乖睡在旁边的房间。我把孩子放在地上，忽然想起了以前的事情，我抑制住了自己的不快，我不希望马里奥察觉到。我走到了行李跟前，从行李旁边的布包里取出了两本小书，那是我打算送给他的。

"看看外公给你带了什么礼物！"我说。但我的手摸到那两本书时，我就开始后悔没买更吸引人的礼物，我很害怕他会失望。但孩子对那两本书很感兴趣，他兴高采烈地跟我说了声谢谢——这是我听到他说的第一句话——他开始仔细研究那两本书的封面。

萨维里奥的想法肯定和我一样，也觉得这礼物很糟糕。事后他肯定会和贝塔说："你爸还是老样子，从来都没干过一件好事儿。"可这时，我听见他大声说："外公可是个大艺术家，看看这些漂亮的插画，都是外公画的呢。"

"你们过会儿再一起看吧，"贝塔说，"现在把外套脱了，你先去尿尿吧。"

马里奥挣扎着，很不乐意，但还是任凭妈妈帮他把外套脱了，他手里一直紧紧抓着那两本书。妈妈把他带到卫生间，他还带着那两本书。我坐了下来，感觉很不自在，我不知道怎么和萨维里奥聊天，我随口说了几句大学、学生还有教书很辛苦的话，据我所知，这是我们唯一的话题。我倒是记得他对足球挺感兴趣的，不过我完全是个门外汉。但让我意外的是，萨维里奥改变了话题，他忽然说起了自己对生活的不满，用词虽然有点儿夸张，但还是能看出他真的很痛苦。以前，我们从来都没有推心置腹地谈过，这让我很惊异。

"生活的痛苦总是没完没了，一点儿都不开心。"他嘀咕了一句。

"人生总是有一点幸福的。"

"没有，我只觉得苦不堪言。"

贝塔一回来，他马上就不说了，继续没头没尾地说着大学的事。很明显，他们夫妻俩已经相互受不了了，看到对方都会心烦。我女儿说，萨维里奥把一切都搞得乱七八糟的，但我却不知道她在说什么，马里奥又出现了，还是紧紧抱着我送给他的书。我女儿指着马里奥说："这孩子越来越像他爸爸，将来只能更糟糕。"说完她马上拿起了我的行李和软布包，用带着讽刺的语气说："我敢说，这里面只有工作的东西，没有衬衣、内裤和袜子。"

她消失在走廊，孩子松了一口气。他把一本书放在桌上，把另一本书放在我腿上，把我当成了书桌，一页一页地翻看起来。我抚摸着他的头发，而他似乎受到了鼓舞，一本正经地问我："外公，这些画真的是你画的吗？"

"那当然了，你喜欢吗？"

他想了想。

"看起来有点儿阴暗。"

"阴暗？"

"是呀。下次你能画得明亮一点吗？"

萨维里奥打断了他说："说什么呢，这样挺好的。"

10

"这些画就是很阴暗！"马里奥再次强调说。

我从他手上轻轻拿过书，仔细审视着一张插画。从来没人说我的画阴暗，我对外孙说：这些画并不阴暗。然后，我用不悦的语气补充说："但如果你这样认为，那肯定是画儿有问题。"我仔细地翻着书，发现了一些我从来没有注意到的问题。我嘟哝了一句："也许是印刷的问题。"我有些难过，我一直都无法容忍因为别人的过错而毁了我的作品。我重复了很多次这是印刷的问题，然后转向萨维里奥说："是啊，看起来是有些阴暗，马里奥说得对。"我的抱怨里混杂着一些专业术语，我开始说编辑的坏话，说他们总是要求很高，却不肯花钱，结果把书搞砸了。

刚开始，马里奥还听了几句，但很快就厌烦了，问我愿不愿意看看他的玩具。但我脑子里想着别的事情，我很果断地说，我不看。他们父子有些迷惑地看着我，我忽然意识到自己拒绝得太干脆了，只好又补充说："明天看吧，宝贝，外公今天累了。"

三

那天晚上，我彻底地意识到，贝塔和萨维里奥去卡利亚里开研讨会，其实是为了避开孩子，肆无忌惮地吵架。我到的那天下午，他们俩除了一些必不可少的交流，基本没说几句话。吃晚餐时他们连客套话都懒得说了，他们都在对马里奥说话，想让孩子知道我所有的丰功伟绩，也让我知道孩子的光荣事迹。他们俩都用小孩的语气，每句话几乎总是以"你知道吗？外公……"或者"你让外公看看你……"开头。所以，马里奥以为我获得了很多奖项，我比毕加索还要有名，有钱有势的人都把我的画挂在家里向人炫耀；而我则知道了马里奥已经会接电话了，他会写自己的名字，会用遥控器，还会用餐刀切肉，会把盘子里的食物都乖乖吃干净。

那个夜晚无比漫长。马里奥一直都盯着我看，就好像担心我会忽然消失，他要记住我的每个细节。而我用一些老伎俩哄他开心，比如把大拇指夹在食指和中指之间，假装揪下他的鼻子——这是贝塔小时候我经常玩儿的把戏，他会饶有兴趣地微笑起来，同时在半空中挥动着手，像是在说，这个把戏太傻了，已经骗不了他了。该上床睡觉了，他赖着不想去，他说："外公睡觉时我才去睡。"他父母突然异口同声地凶了他。他母亲说："妈妈要你睡觉，你就得睡觉。"他父亲也说："睡觉时间到了。"他指了指墙上的时钟，就好像孩子已经会看时间了。马里奥还是很不乐意，最后他终于答应去睡觉了，条件是我要看他"表演"，看他不用其他人帮忙，就能自己脱衣服，穿上睡衣，然后稳稳当当把牙膏挤在牙刷上，没完没了地刷牙。

小家伙的动作让我很惊异，我不知道说了多少个"你真棒"，同时贝塔也无数次地叮嘱我"别把他惯坏了"。

"不过，"贝塔看着儿子，忽然一脸认真地补充说，"按他的年龄来说，他确实很棒，你会看到的。"

这时候，母亲要给孩子读睡前童话。我跟着他们，进入那个不再属于我的房间，觉得有些心力交瘁。马里奥还不识字，但贝塔强调说，他已经在学了，也快要开始读书了。他们都想向我展示，马里奥已经认得一些词了，在妈妈的帮助下，他念出了几个词。这时我忍不住瞟了一眼那张铺好的简易床，我想，要是能躺上去就好了，就算要听童话我也乐意。小家伙又在闹着让我留下，但贝塔对我说："不，爸爸，我们现在读一会儿童话，他等一下就睡着了。"很明显，无论对于小孩还是对于我，这都是一句命令。

我不情愿地从房间里出来，走到漆黑的走廊里，灯的开关在哪里？在米兰，最近一段时间，我开始不喜欢黑暗，总要把家里所有灯都开着。因为手术之后，有时候我会产生幻觉，感觉墙壁和家具都会变成活物，把我牢牢抓住，我把这归咎于血液循环不畅和大脑缺氧。于是，我小心地往前挪动脚步，拳头摩擦着墙壁，但我还是仿佛看到了已故的父亲在黑暗中浮现，他目光凶恶，用两只手向后捋着头发；母亲也会浮现在我眼前，一会儿像邋遢的灰姑娘，一会又变成了戴着面纱的夫人，神情忧郁，有时候充满惊惧；而因为中风不能行走的祖母，总是默默地坐在那里，她的身体佝偻着，像一把扔在角落里已经生锈了的镰刀。

整个屋子唯一亮着灯的地方是厨房，我走了过去，发现我女婿还在那里。他看上去心情很糟糕，但看到我后，他指了指旁边的椅子。我屁股还没坐稳，他便用近乎耳语的声音，向我讲起他和贝塔的关系——他们经历了两年的恋爱，在这所房子同居了十二年，经过五年的婚姻生活——现在他们关系恶化了。我试着改变话题，用各种方式暗示他，我并不想听这些，但他还在说。要知道，我们之前没有任何共同语言，况且我还是他妻子的父亲，可他仍继续说着，他显然很痛苦，需要倾诉一下。他跟我说，数学系来了一位新主任，贝塔从高中时就认识他，重逢之后，她马上就为之疯狂。那是一位优秀的数学家，一个有权有势的男人，他一来就赋予了贝塔新能量，她现在每天都精心打扮，想让自己更漂亮、优雅。简而言之，对贝塔来说，大学变成了一个装满烈酒的巨大容器，她轻盈的身体漂浮在这个酒缸里，在不由自主的情况下，她漂向了那位数学家肥胖的身躯——在萨维里奥看来，那个男人毫无魅力，他脑满肠肥，大腿粗壮——可贝塔还是想撞见他，挨着他，和他耳鬓厮磨，和他一起沉沦在缸底。

"所有这些事，"萨维里奥用绝望的目光看着我，小声对我说，"你女儿都是在我眼皮子底下干的。"

最让我忍受不了的是，萨维里奥一遍遍向我重复：当着他的面，贝塔根本毫不掩饰自己对那位主任的强烈爱慕。在各种场合，她制造机会和那个男人偶遇，走廊里、办公室里、教室里、酒吧里，丝毫不顾忌丈夫的存在，甚至一

14

点也不考虑他随时都会看到。在萨维里奥面前，贝塔也越来越肆无忌惮地表现出她的激动不安。每天早上上班之前，她都会问丈夫自己衣着是否得体，是否迷人。有一次，他看到妻子和主任一起出现，妻子还紧紧挨着那个男人的腰，萨维里奥感觉自己的耳朵被充满醋意的声音填满了。再加上，他们早晚含情脉脉的问候，吻面礼越来越亲热，已经快要成为嘴对嘴的亲吻了。还有她越来越强烈地要求独立。有一次，萨维里奥终于出离愤怒了，他把妻子拽到了数学系一个通道的黑暗角落，朝她大喊大叫，说她的行为实在让人很屈辱。贝塔也开始大声反击："你在说什么！你想要干什么！你真是个疯子，我想干什么就干什么。"然后丢下他跑向酒吧，继续跟在那块牢牢吸引着她的"磁铁"身后。但我的女婿却跟我强调说："你如果看见他，你就会觉得他长得像个类人猿，还没有进化成人，说白了，简直是狗屎不如。"

我一直没说话，任凭他发泄。我也没法告诉他，他描述的那个主任，简直就像是他自己的翻版。贝塔喜欢的男人都和他差不多，都是身材壮实，长相平平，提醒他这一点也毫无意义。后来我只是随口说了一句："这都只是一时心热，总会过去的。萨维！最终是习惯还有那些长久的情感会占主导。马里奥是个乖孩子，不要因为你们的争吵伤害到他。听我的，让这事过去吧。"但他的回答很断然，就像一条忽然扬起身子的蛇一样，让我很不安："是的，一时的

15

狂热会过去的，她也会冷静下来，但我看到了她做的那些事，我烦透了，也很恶心，我已经不爱她了。"

我正想进一步和他探讨一下这个问题——就是他的怪异想法和爱情消失之间的联系——但他忽然打住了，因为走廊里响起贝塔的脚步声，他好像很害怕。这时我女儿穿着睡衣出现在房间门口，用很不耐烦的语气命令丈夫：

"我收拾好了，我们去睡吧，爸爸也累了，我去关阳台的门窗。你赶紧去刷牙。"

萨维里奥盯着地板，愣了好一会儿，他忽然从椅子上站起来，用小得快要听不见的声音向我道了声晚安便出去了。贝塔听到洗手间门关闭的声音，她不安地小声问我：

"他跟你说什么了？"

"他说你们之间出问题了。"

"问题在他身上。"

"我听到的版本是：问题出在你身上。"

"你根本不了解情况，萨维里奥总是无事生非。"

"因此，你和那个主任没什么瓜葛吗？"

"我？我和别人有瓜葛？爸爸，甭提了，萨维里奥真让人受不了。"

"但你还是跟他在一起生活了二十年。"

"我和他在一起这么久，因为他通常都挺正常的。"

"现在他失去平衡了？"

"是的，已经影响到我、孩子，还有整个家庭。"

"等一下，他是不是心理失衡，才觉得你恋上了一个不相干的人，但实际上，你和那个男人根本没有什么关系？"

贝塔做了一个表情，让她看起来有些丑。

"爸爸，那不是什么不相干的人，对我来说，他就像一个哥哥。"

我本来就对她丈夫没什么好感，现在我又看到她眼里充满了泪水，我马上就相信她说的是真的。我对她说："到爸爸这里来，不要难过，你是个聪明人，在工作方面也很出色，马里奥也是个很棒的孩子，别这样，你们一起出发，把话说清楚，等你们回来了，事情应该就解决了。"不论她对我说的是不是真话，我知道我都会一样爱她、安慰她。贝塔小时候，我就见不得她哭，现在她长大了，我还是一样。我轻声对她说，假如你真要哭，那等我在米兰时你再哭吧。她笑了，我亲了亲她的额头，她抽搭了一下鼻子，忽然说了一句："我告诉你煤气阀门在哪里。"她给我展示了一下，这还不够，她还让我试着关了一次，好让我记住。她对我千叮咛万嘱咐，告诉我电闸开关在哪里，要我当心小阳台的门，说那道门有毛病，关水闸门在洗手池下面，浴室排水口有时会堵等等。她发现我有些漫不经心，就很不高兴地嘀咕了一句："明天我把这些都写下来。"这时，她应该对我是否能照顾好马里奥产生了疑问，她盯着我的眼睛问："你确信你能看孩子？"我发誓说我可以，她亲了亲我的脸颊，这是从来没有过的，她小时候也没有这样亲过我，她嘀咕了一句："谢谢。"

我的目光一直追随着贝塔进了房间。我从行李里拿出我的东西，尽量不弄出动静，我把自己关进了洗手间。我筋疲力尽，洗漱动作很缓慢，想着刚到那不勒斯的这几个小时，我又开始后悔离开米兰。我觉得自己不该逞能，我应该直接跟他们说，我身体还没有康复，我没办法照顾马里奥，我也不想卷入他们的婚姻危机。我又想起了晚上的谈话，还有那些尴尬的场面，我没办法摆脱那种糟糕的感觉，怎么说呢，感觉很不得体。很快，我感觉那套房子里的一切都不体面，就好像外面裹了一层黏糊糊的沥青，或者说像鳄鱼、猩猩一样丑陋，或者更糟糕的，就像细菌聚合在一起。贝塔恋上了她同事，这是有些不知廉耻，她丈夫夹在她和一个外人——一个情人、哥哥，或者一个像哥哥的情人中间，也是很尴尬；墙壁看起来也很不得体，海边刮过来的穿过城市的风也很肮脏。我妻子去世之后，我看了她留下的日记——我也很猥琐——我很快意识到，当我日日夜夜为艺术费尽心力——有很多年，真的是很多年，对我来说，最重要的事是艺术，我对其他事情都漫不经心——我发现，她经常背叛我，我们在一起没多少年，她就开始背叛我。为什么呢？她自己也说不清楚，她也只是做出了一些推测。她是为了找到自己的存在感，得到一些关注。因为在我们的关系里，我几乎一直都是中心。她的身体需要得到关注，那也是她生命力迸发的体现。在规规

18

矩矩的日子下面——我很不满地叹息着——总是有一个没教养的鬼怪在折腾，但我们却视而不见，有一种能量总是在驱使着我们的肉体打破常规，包括最规矩的人也是这样。我关了洗手间和走廊的灯，走廊里有三个开关，我随便按了一个，结果按对了。马里奥的小床在房间另一边，被一大堆玩具和墙上的贴画包围着，我看也没有看他一眼就躺在床上，也抑制住了自己痛苦的呻吟。

外面风依然刮得猛烈，雨水拍打着阳台的地面，栏杆也在不停抖动，雨声很大，透过双层玻璃都能听见。我没一会儿就睡着了，但很快就满身大汗地惊醒了，我有些喘不上气来。马里奥站在我的床边，穿着一身天蓝色的睡衣。"外公，你忘了关灯了，我帮你关上，不要担心。"他真的把灯关上了，房间又陷入了黑暗，风呼呼地刮着，我很惊恐。而马里奥却一点也不害怕，慢慢摸向了他的小床。

四

我醒来时，确信那时是凌晨四点二十分，时间很精确——有时候早一分钟，有时候晚一分钟，这是在米兰我通常醒来的时间。外面还在下着阵雨，但我打开灯，发现才两点十分。我起身去洗手间，从暖烘烘的被窝里出去，外面的冷空气让我打了个寒战。从洗手间回来后我看了一眼马里奥，他把被子踢开了。他趴在床上，两条腿叉开，一条胳膊舒展在身侧，另一条胳膊弯曲着，小手握成一个拳头放在半闭的嘴边。我摸了摸他的脚，发现冷冰冰的。马里奥会不会在他爸爸妈妈离开时生病呢？我帮他把被子盖好，坐在了我的床边。

我脑子晕乎乎的，还很困倦，但我确定，即使躺下了也睡不着：我体内很热，但矛盾的是，我身体表面却很冷，我的手指肚儿和脚趾都冷冰冰的，有些发麻。我从行李箱里拿出詹姆斯的小说，又拿了一支铅笔，想画一些草图。我钻进了被窝，背倚着墙。我翻了翻前几周画的，发现一点儿也不满意，我甚至后悔自己匆忙寄给了编辑那两幅没有润色的画儿。我重新读了几个片段，试着画出一两幅画，却没法专心，就好像马里奥的呼吸、风声、雨声都阻碍了我的想象力，贝塔和萨维里奥对这个房间的改造，也妨碍了我工作。我将书放在一边，沉浸在半梦半醒的状态中，我对这座房子的记忆清晰起来了，让现实或幻想出的画面褪了色。我又重新坐起来，开始勾勒我小时候这套房子的样子。我画了玄关，那里有一道窗子，对着一个露台，下面是一个货梯；又画了客厅，我母亲很在意客厅的摆设，客厅里摆了刚买的家具：沙发、扶手椅、储物凳，这些摆设会让她觉得自己是一个阔太太。我也画了她，我觉得我还能画下去，在我笔下，她的目光投向那个宽敞明亮的环境，看着有波浪形边缘的餐桌，望向那个放银器的橱柜，柜子上的造型是弧形的，四个角还有四个尖儿，她望向敞廊，可以看到特米努斯酒店的一角。我画了走廊，走廊墙上安装着一台电话机。还有我父母的房间，他们俩在床上，我父亲坐在床边，穿着背心短裤。我画了一个装满了老物件的储藏间、巨大的卫生间，还有现在我和马里奥住的这个房间，但那时候所有床都是军营宿舍里的小折叠床。一张床上睡着我奶奶，而其他床，我们五个孩子各睡一张，有的头朝这边，有的头朝那边，后来这个"营地"慢慢空下来了。这个房间里只住着我奶奶和三个小孙子，我和弟弟——年龄大一点的孙子，晚上在客厅搭床睡觉，破坏了我母亲精心布置的客厅。

我画得很快，我的手很久都没那么灵活了。我画出了记忆中的空间、人物和物品，同时，也在画纸的顶部和底部，或者在其他纸上，重现了很多细节。整个青春期，我都为有这种能力感到自豪，后来我的人生也慢慢受到这种特长的引导。我中学的美术老师看到我的画很惊讶，他说"这个孩子生来就是画画的料"。后来我不断成长，不断学习，但那种藏在身体里的天赋，眼睛和感觉的敏锐，让我觉得很低级。我开始追寻那些更高级、显得更有文化的东西，天生的东西在我看来很粗俗。十二岁时，别人把我视为一个耀眼的、让人不安的奇才，连我自己也这样想。但我二十岁时，我就学会了轻视自己灵巧的双手，就像那是一个缺陷。我想象着以前的自己，我看着那时的自己，试着描绘出我十二岁和二十岁的样子。但我的手好像又一次卡住了，生气也没用，我的手指变得沉重，不听使唤。但我还是接着乱画了一通，写下一些话，画了一些草图：我曾经是什么样的人，我是什么？从十二岁到二十岁的那八年里，到底发生了什么？大概凌晨四点，我停了下来，这样浪费时间真是愚蠢，尤其是这对我有什么用？我重新看了看那些画满了图案的纸，我突如其来的创造力让我很惊讶。在纷乱的画面里，最吸引我的是两个清楚、具体的形象：贝塔和萨维里奥。在我看来，我把贝塔画得很好，我把她放在六十年前的厨房里，她的姿势很像我母亲，也很像我。就像阿达说的，"她长得很像你，还有你家人"。尽管贝塔是她亲生的，在那种情况下，我也把阿达排除在外了。我女婿出现在现在的厨房里，画得跟他本人很像，但我没有很用心，他显得黯淡无光。我把他描绘成一个恶狠狠的外人，不由自主地抹杀了他的所有优点。我关了灯，用被子蒙住头睡着了。在米兰，一般在这个时间我已经醒了。

五

我没有睡多久，凌晨快六点时就醒过来了。外面已经不刮风了，也许雨也停了。我摸索到走廊，不小心按错了开关，把卧室灯打开了。我马上关上了，生怕马里奥醒了。我走进洗手间，开始洗脸刮胡子。

22

这时候，我又希望贝塔能被我弄出的动静吵醒。但我从洗手间出来时，房子里依然一片寂静。我来到厨房，想烧点开水，好不容易才找到一个看起来适合烧水的锅，但我没找到茶叶。我站在煤气灶前，有点不知所措，也不知道火柴在哪儿，也没看到打火器。我站在那儿发愣，这时候，马里奥一脸睡意地出现在我身边。

"外公，早上好。"

"我吵醒你啦?"

"嗯。"

"对不起。"

"没关系，我能亲亲你吗?"

"当然可以。"

我看到马里奥很懂事，他在睡衣外面穿了一件橙色的羊毛外套，脚上穿着一双同样颜色的拖鞋。我一边表扬他，一边弯下腰，好让他亲到我的脸，我再亲亲他的脸。

"我能'吧唧'一下吗?"他问。

"当然。"

他用力地在我脸上"吧唧"了一下，问我需要什么，一本正经的神情简直和萨维里奥如出一辙。

"你知道怎么开煤气灶吗?"我问。

他点了点头，提醒我要先打开煤气阀门，即使煤气阀门很明显已经打开了，他还是想再向我展示怎么做，"你看，这样没气，拧一下这里，气就通了。"他拖了一把椅子到我身旁，还预先告诉我，椅子拖在地上也不会发出声音，"爸爸在椅子腿下面粘了软毛毡。"他敏捷地爬上椅子，指着煤气灶旋钮旁的标识，教我怎么调节火力。令我惊讶和不安的是，他竟然真的会打火：他按下一个旋钮，慢慢旋转，目不转睛地盯着冒出的火花，直到火打着了才慢慢松手。

"看到了吧？"他心满意足地说。

"嗯，锅还是我来放吧。"

"我们不给大家准备早餐吗？"

"我不知道你吃什么，你爸爸妈妈吃什么。"

"我知道。妈妈和爸爸要喝加咖啡的牛奶，我只喝牛奶。"

"还有呢？"

"要给妈妈烤面包片——我和爸爸通常吃饼干，还要给所有人榨橙汁。你想喝橙汁吗？"

"不想。"

"很好喝的。"

"我不想喝。"

他又跟我说橙子在哪里，榨汁器在哪里，要怎样烤吐司才不会煳，他爸爸特别讨厌面包烤煳的味道。他还告诉我红茶、绿茶都放在哪个架子上，咖啡壶在哪个柜子里。他说我选的锅不适合煮茶，告诉我去哪里找茶壶，餐巾在哪里。那个早上，马里奥表现得太懂事了，简直让我惊异。

他突然又有些担心地问我："你检查牛奶的保质期了吗？"

"没有，放在冰箱里肯定没过期。"

"你还是得检查一下，妈妈有时候不注意。"

"那你检查吧。"我想逗他一下，故意这么说。

他窘迫地笑了笑，像昨晚那样，手在空中挥舞了一下，不情愿地承认说："我还不会看。"

"看来还有你不会做的事呀。"

"我知道，要倒一点牛奶在锅里，加热看它会不会凝固。"

"凝固？凝固是什么意思啊？"

他低下头，脸变得通红，抬起头看着我，脸上的笑容有些僵。他很不安，他受不了自己丢脸。我对他说："下来吧。"我抓住他的一只手，帮他从椅子上跳了下来。为了让他觉得我依然很信任他，我又问："接下来，我们要做什么？"他丰富的词汇量，还有对所有事情的熟稔，真让我惊叹，我不确信自己的感觉是惊异还是有趣，最后我觉得可能不是有趣。我小时候完全不是这样，在我的记忆里，根据祖母和母亲的描述，我小时候像哑巴一样，总是整天一言不发，心不在焉。我的想象力超过了我对现实的感知，成年以后，我依然无法积极投入现实生活中。我唯一会做的事就是画画，上色，把各种色彩组合在一起。除了画画，其他事情我都没有天赋，也没有记性，我对生活无欲无求，也没有太关注社会生活的各种义务，我总是要依赖其他人，尤其是阿达。可是马里奥才四岁，就对现实世界充满了洞察力。他就像那些印第安人一样，金银器手艺人和征服者一起到了美洲，而印第安人只通过简单观察，就掌握了金银匠复杂的手艺。马里奥指导我一步步摆好厨房餐桌，告诉我怎么准备咖啡，贝塔喝低因咖啡，萨维里奥喝一般的咖啡。我们一起煮咖啡，一起榨橙汁。好几次，马里奥都忍不住批评我，因为我把没榨干净的橙子扔掉了，其实果皮边上还有很多果肉。我们确实"一起"在做这些事情，虽然马里奥力不从心，也不够熟练，但他还是把手放在我的手上，参与了整个过程。每当我要把他的手拿开，他就会不高兴。

"这是你妈妈教你的吗？"

"是爸爸。他一个人什么事儿都做不了，总是要我帮忙。"

"那妈妈呢？"

"妈妈心情不好，总是大喊大叫，匆匆忙忙。"

"那爸爸跟你说过，你绝对不可以自己开煤气吗？"

"为什么？"

"因为会被烫到。"

"如果一个人知道可能会被烫到，就会很小心，这样就不会被烫了。"

"就算再注意也会被烫到的。你得向我保证，这几天你不会自己开煤气，除非我在旁边。"

"如果你在旁边，我就不会被烫到吗？"

"万一你被烫到了呢？"

他说，即使烫伤了，也不要担心。他告诉我，洗手间里有一个标着红十字的抽屉。抽屉里有一种药膏，他很熟悉，因为有几次他烫伤后，爸爸就给他涂这个药膏来止痛。

"药膏一点都不黏。"马里奥向我保证说。虽然我一直在附和他，但我已经开始受不了他用教导的语气和我说话，幸亏这时贝塔出现了。我终于松了一口气。"天呐！"我女儿站在已经摆好的餐桌前，假装很激动地惊叹了一声。

"这都是我和外公准备的。"

贝塔夸赞了马里奥，又把他抱在怀里，亲他的脖子，痒得他不停地笑。

"你和外公在一起开心吧？"

"开心。"

"爸爸，你和马里奥在一起很愉快吧？"

"是的，很愉快。"

"还好你最后决定过来。"

这时候，萨维里奥也出现了，小家伙马上打燃了煤气灶，开始加热之前准备好的咖啡，带咖啡因的和不带咖啡因的，他们俩似乎都不担心马里奥会被烫到。我往烧开的茶壶里放了两袋茶包，早餐终于开始了。我在米兰时总是一个人吃早餐，吃得很简单，相比之下这顿早餐吃得很不一样。整个过程都很不安宁，贝塔和萨维里奥之间充满了敌意，但两人都不遗余力地让马里奥说话。早餐刚结束，贝塔就急匆匆要去收拾东西了，今天有太多事情要做，她抱怨行李都还没收拾，也没想好在卡利亚里要穿什么，明天早上九点的飞机，四点就要起来。"但是，"她对我说，"爸爸，我们走了以后，你要注意的事我都列了清单给你了。"她拖着马里奥出了厨房，带他去洗漱、穿衣服，让他做好准备去幼儿园，但马里奥一直闹着："我不去幼儿园，我要和外公在一起。"

我小心翼翼地问萨维里奥："接下来几天，我都要送马里奥去幼儿园吗？"

"你得问你女儿，她什么都没跟我说。"

"也许，你得相信她，你总是太多疑了，这样只会让她很恼火。"

"我怎么能不怀疑呢？你看看她干的那些事。你知道她今天早上要去干什么吗？"

"干什么？"

"要去给那个该死的家伙读她的开场报告。"

"这有什么奇怪的？"

"没什么。那你觉得，为什么他没叫我去，让我也读读我的发言稿呢。"

"情况不一样，他们是高中时就认识的。"

"就因为他们是朋友，他就让贝塔做开场报告，却把我的发言安排在第二天吗？"

我看着他，有些迷惑。

"这个主任和卡利亚里的研讨会有什么关系？"

"当然有关系了，研讨会是他组织的。"

"所以他要和你们一起去卡利亚里？"

"你到现在才明白啊？"

我还没来得及做出回应，贝塔愤怒的声音就从洗手间传了过来，她在叫丈夫过去。她气急败坏地对萨维里奥吼道："今天该你送马里奥去幼儿园了，你假装不记得了吗？"接着她几乎是小跑过来的，在走廊留下一阵香气。萨维里奥突然站了起来，我看着他有些慌乱地走开了。贝塔一直认为她丈夫是一位杰出的数学家，但我无法相信，一位思维这么缜密的人，也会举止如此鲁莽。就算贝塔对那个主任有好感，萨维里奥难道真的能阻止这种好感转变成其他东西吗？如果是这样，那他也太愚蠢了。两性之间的愉悦原本是为了促进繁殖，现在它已经完全脱离了繁殖的目的，在任何季节，欲望都会搅扰和玷污着人类的心情，这是无法控制的事。该发生的事情，无论如何都会发生，这是身体本能的冲动，这种冲动轻而易举就可以冲破家庭、感情和金钱的束缚，把一切搅个底朝天。这时贝塔又出现了，在大清早八点半，她化着浓妆，穿着打扮就像是要去夜总会。她把马里奥推到我面前，孩子的头发已经梳得整整齐齐，看上去也很体面，已经准备好去幼儿园了。

"爸爸，"我女儿命令我说，"你告诉马里奥，他今天必须去幼儿园。"

于是，我用严肃的语气说："马里奥，不要耍性子，你该去幼儿园了。"

"我要和你在一起。"

贝塔叹了口气说："你想也没用，从现在开始，你要听外公的话。"

她亲了亲马里奥的头，跟我道了声再见便消失了。马里奥却还一直看着我，不停地说："我不去幼儿园。"

六

马里奥在继续抵抗，还是不愿意乖乖去幼儿园，他用期冀的目光看着我，期望我能支持他，但我没让步。他爸爸没说"是"，也没说"不"，只是把他强行拽走了，他们俩都要迟到了。"外公，"孩子很沮丧，在进电梯之前嘀咕了一句，"不要离开，等我。"我点点头，关上房门，松了一口气。

我在空荡荡的房子里走来走去，心里很厌烦，在脑子里比较着我前一天夜里绘制的房间和房子现在的布置。大客厅的空间早已减少了一半，另一半变成了书房，里面放着一张很时尚的书桌，靠墙的书架直抵天花板。玄关那里也改造了，我刚到时没注意到，但现在我意识到他们在那里砌起了一面墙，还装了一扇新门。我打开门，进入了一个小房间，里面也堆满了书，还摆着一张旧书桌，各种味道混合在一起：大蒜、洋葱和洗涤剂。我打开了朝向小阳台的旧窗户，我发现那里也改造了。现在，我女儿把厨房用品堆放在那里：大蒜、洋葱和洗涤剂的气味就来自那里。我很肯定，那个宽敞的书房属于贝塔，而那个狭小逼仄的书房是萨维里奥工作的地方。

我回到走廊，想看看卧室的情况。房间里很乱，在没有整理的床上，堆着很多衣服，那应该是我女儿试穿过又脱下来的衣服，就像是剥掉的果皮，我女儿最终选择了一件她觉得合身、好看的衣服。我父母在这房间里住时，它看起来很大，但现在贝塔往房间里放了两个顶着天花板的衣柜，还有一张大双人床，两个人睡很宽敞，只是房间好像缩小了很多。

我环顾四周，翻阅床头柜上的书，走到阳台上，我听到街上汽车来来往往的声音。风停了，天空是铁青色的，雨也停了。眼前的房子很熟悉，加里波第广场边上的一排老房子，楼下人行道上人来人往，还有一辆辆开向海滨路的公共汽车，我站在那里看了一会儿。当我意识到我无意中弄湿了毛衣的肘部时，我回到了房间里。

在家里转了一圈，我就发现，除了挂在客厅的一幅红蓝色块的画，这些年我送给女儿的大部分画都没挂出来，那些大大小小的画，不知道她和丈夫藏在哪里了。萨维里奥总是装作很欣赏我的作品，但我女儿从不费心假装很赞

31

赏我，赞不赞赏也没什么关系，都是很易变的东西。最近几年，事情发生了变化，没有多少人关注我。无论如何，我想就这样吧，重要的是我还在创作。我不再想那些伤感的事情，我决定去散步，因为按照计划，从明天开始，我要照顾孩子，就不可能出去逛了。于是，我回到马里奥的房间，那儿还是一片漆黑。我穿上大衣，戴上帽子，检查了一下有没有带钱包，尤其是钥匙，贝塔再三叮嘱，让我一定不要忘记带钥匙。她说得对，我现在脑子不好使，我应该很小心。整栋房子，我还有一个地方没有看，我拉开了遮阳板，瞥了一眼房间的阳台。

那个阳台是我母亲很害怕的地方，以前每次去这个阳台，她都小心翼翼，而且不希望几个弟弟妹妹独自去那里。我打开崭新的落地窗，那个阳台不是四方形的，房子这边所有阳台都不规则，都是梯形，向空中探出的那边要窄一些。我们的阳台在第六层，也是最高一层，或许出于这个原因，通常都不恐高的母亲却害怕站在这个阳台上，她说向下看会头晕。每当她需要从阳台上拿东西时，她都会叫我父亲去，如果我父亲不在家或他很烦躁时，她就会叫我去，因为我是家里的长子。我拿着她需要的东西，有时候会突然跑到阳台外侧，跳起来，让平台和栏杆晃动起来，我看着门里的母亲，她在那里笑，但她很害怕。

我喜欢这个危险的地方，从小我就喜欢坐在阳台上。特别是春天，我在那里看书、写东西、画画。我记得，那时头顶上是一片巨大的天空，还能看见新车站的尖顶。在阳台上，我感觉自己像是一个塔顶的卫兵，或者是在一棵大树树梢上放哨的哨兵，但不知道为什么要放哨。可是，在这个早上，我把头伸出去，却没找回从前的快乐，反倒理解了我母亲为什么那么焦虑。阳台是一块长而薄的灰色水磨石板，走在上面，感觉就像踩在随时都可能从大楼脱落的石块上。我心想，或许是梯形让人觉得这个阳台很不结实、很不稳当，阳台门好像距离悬空的梯形外侧很遥远；或者，更有可能的是我很虚弱，我年纪大了，缺乏安全感，很容易受伤。保险起见，我审慎地站在门槛上，我的大衣穿在身上，帽子拿在手里，我看着天，栏杆上滴下亮晶晶的雨滴，阳台上有一个塑料桶，里面装着一些玩具，手柄上绑着一根绳子。

"有电话找你。"一个女人的声音从我身后传来，我吓了一跳。我忽然转过身，依次想到我奶奶、母亲和阿达，那个声音补充说，"对不起，我是萨莉。"

她是来打扫卫生的，我的手机可能忘在厨房里了，这时候，手机在那女人的手里嗡嗡响着。她可能六十多岁，长着一张饱满的脸，大眼睛，看起来很开朗。她不停地因为吓着我了而道歉：她有家里钥匙，她像每个早晨那样进了家门，却没想到我在家，她的出现会吓到我。

"我没有受到惊吓，只是有些意外。"我解释说。

"惊吓，意外，这都一样。"

"不，不一样。"

我接过那个不停震动的手机，是编辑打来的电话。他用故作轻松的语气说："我收到那两幅画了。"

我想诱导他说出对那两幅画的看法，我希望听到正面的评价。我说："还不错，是不是？"

他沉默了几秒钟，我已经习惯于听到别人的称赞，之前不管我做什么，大家都会很欣赏。我现在老了，我更认为别人夸赞我是理所当然的，他们不可能毫不客气地告诉我：你画得太差了。但我低估了我的对话对象，那是一个三十多岁、非常有钱又渴望革新的年轻人。编辑说："我没看到我想要的东西。"

"好吧，"我假装打趣说，"那你可以好好看看。"

"我仔细看过了，还需要重新画。"

我顿时僵住了。我想要做出反应、捍卫自己，但我觉得，假如我坚持说那些画很棒，会显得很可笑，我连自己都说服不了。我让他继续说。他说了很多，说了画面的光彩，他认为，按照他的构思，这本书要做得很高级，光彩不可或缺。我尽力去理解他想说的，他说的似乎是颜色。我要他解释得清楚一点，他说我那几幅画里缺少光彩，就像是缺氧。

"您不要误解我的意思，按照现在的情况，我觉得这些画看起来很没有活力，也不够高明。"

我决定用倚老卖老的语气打趣说："如果您想要画里有

更多的氧气，我可以试试。"

他很厌烦地说："是的，很好，要有更多氧气。我用的这种表达方式，可能会让您觉得好笑，但我是严肃的，我觉得我应该说出我的真实看法。其他画画得怎么样了？"

"差不多了。"我说谎了。

但他还是不放心，他说，做精装本很费心，要调动各种高超技艺，他需要尽快拿到那些画。他还年轻，他觉得用强硬的语气就可以建立自己的权威。我对他扯了一个更详细的谎，就结束了对话。挂上电话后，我才意识到我的手很热，背也湿透了。我发出去的那几张画不受待见，这真是一件让人心烦的事儿。但那个年轻人这么直截了当地说了他的看法，这让我更不舒服。我把手机塞到衣服口袋里，感觉头要痛起来了。萨莉坐在我的床上脱鞋子，这让我很不悦，她看出我很不高兴。

"我穿了双新鞋，脚很疼。"她解释说，她又重新穿上鞋子，马上站了起来。

"我要出去走走。"我说。

"好吧，看到外孙高兴吗？"

"当然。"

"你不常来。"

"我有空都会过来。"

"小马里奥多可爱啊！但时不时也要批评他，你看看，他把房间弄得多乱啊，他还把玩具放在外面，放在那里好几天了。"

她叹了一口气，说了声对不起，就去了阳台上。她是个小个子女人，但看起来很壮实，我想告诉她：别管那些玩具了，不用去阳台。阳台在她脚下抖动，但她显然没有我的恐惧。她走向塑料桶，拿出玩具，把桶里的积水向阳台外倒了下去。

"天气这么冷，他们还让孩子在外面玩。"她抱怨说。

"这样能茁壮成长。"

"你在开玩笑，很好，外公的确应该逗小孩开心，但也应该操点儿心。"

我回答说，我现在很担心，因为我要和马里奥单独生活几天，我还有很多工作要做。

"您几点到几点工作？"我问。

"九点到十二点，但后天我不来。"

"您不来？"

"我得去见个人，很重要。"

"这事儿我女儿知道吗？"

"她当然知道。我为你做什么吃的？"

"您看着办吧。"

我现在除了为编辑的无礼而苦恼之外，还很生贝塔的气。贝塔告诉我——至少我是这么理解的——萨莉每天都会来，但这并不是事实。我穿着大衣也觉得冷，我关上了落地窗。门禁电话响了一声、两声、三声，声音又长又紧急，非常紧迫。

七

叫门的人是萨维里奥。萨莉什么也没跟我说，就向楼下跑去，不一会儿，她跟马里奥一起出现了，小家伙很高兴。

"爸爸又把我带回家了。"他说。

"为什么？"

"老师生病了。"

"其他老师呢？"

"我不想跟其他老师在一起，我想跟你在一起。"

"那你怎么说服你爸爸的？"

"我哭了。"

我问萨莉能不能帮忙看一下马里奥，一个钟头左右就好，我工作上遇到了一些问题，现在得想办法解决。她说她时间有限，房子很大，她还得打扫，如果我们爷孙俩能一起出去溜达溜达，午饭前回来，那就是帮了她大忙。我还能说什么呢？我只好让马里奥把书包放下，跟我一起出去。马里奥很兴奋，萨莉对他说："宝贝儿，先去尿尿，出门前一定要尿尿，对吧，外公？"

我们出了门，外面风很冷。我把衣服领子竖起来，压紧帽子，给马里奥围好围巾。最后，我要表明我的态度，

37

我一本正经地对孩子说："马里奥，你要知道，外公是不会抱你的。"

"好吧。"

"不管怎样，你都不能松开我的手。"

"好。"

"告诉我，你想去什么地方玩儿？"

"我们去新修的地铁站吧。"

我们朝加里波第广场走去，走了几步，我就发现，我很不喜欢马里奥的这个提议。广场正对火车站出口，那里车水马龙，各种小商贩、无所事事的人来来往往，鱼龙混杂。地铁站入口也挤满了人，想到要下地铁，真让我难以忍受。我需要呼吸新鲜空气，我决定往回走。

"外公，地铁站在那边。"

"我带你看看我小时候上学走的路。"

"你刚才说，我们去坐地铁。"

"那是你说的，我可没说。"

我只想不停地走路，好抹去编辑说的那些话给我带来的烦恼，但这似乎不可能。我又琢磨了一下那通电话，试着往好的方面想。我心里想：他不喜欢那两幅图，我现在知道了，我可以换一种风格，毕竟工作才刚开始。但我马上就否定了自己的想法：改成什么风格呢？可能我真的画得很糟糕，也可能是因为我血红蛋白过低、贫血，那不勒斯之行让我不在状态。可编辑说话真是不留一点情面！那

38

两幅画也是我的心血，我在过去数十年间取得了巨大的成功，这些画也算是我的成熟之作。既然那个自以为是的小子委托我画画，他对我说"我邀请您给詹姆斯的小说画插图"，那一定是因为我的名气，还有我之前的无数作品。他到底想要什么呢？另一方面，我说我还来得及改变风格，我到底是怎么想的呢？我的风格只有一种，那就是我从二十几岁到七十五岁一直采用的风格。当然，我可以修改那两幅插图，润色后效果应该会更好，但它们也是产生于这种风格，也是属于一个流派。我之前那些备受赞赏的作品也属于一个风格，即使是做出修改，风格还是保持原样。

我觉得一阵苦涩，我把双手插在口袋里，低着头朝海边走去，但马里奥猛地拉住我。

"外公，你松开了我的手了。"

"你说得对，对不起。"

"这条街很乱，爸爸从不带我走这条路。"

"那更好，这样你就能认识一些新地方了。"

我在这些胡同、马路和广场上度过了我的青春期。这里交通拥堵、混乱不堪，从佛尔切拉、杜凯斯卡、拉韦里奥、卡尔米拉街，一直到港口和海滨。这片广阔的区域里，充斥着各色本地人的声音：邻里间的闲聊，窗户里传来的高呼，商店门口的客套。这些声音不断在我耳边回响，有时粗暴，有时温柔，有时粗鲁，有时礼貌，将两个时空连接在一起，把现在衰老的我和过去年少的我，把作为外公的我和眼前的孩子连接在一起。尽管萨维里奥没跟我说过，但我知道很多年前他就坚持要搬家，他想说服贝塔卖掉这套公寓，在一个符合他们教授身份的城区买一套房子居住。我也曾告诉贝塔，她愿意的话，可以把这套公寓卖掉。很久之前，我就不属于这些街道，不属于这座城市了。但贝塔对那不勒斯感情很深，她跟我不一样，她深深爱着那个家，或者更准确地说，她眷恋着关于她母亲的记忆。

我指着一道上面写满脏话的金属帘门，对马里奥说："我小时候，有一个又胖又高的女人在这里炸油饼，你知道那是什么吗？"

"糖霜甜甜圈。"

"对。我经常买一个炸油饼，坐到那边的台阶上吃完。"

"像我一样小吗？"

"我那时候十二岁。"

"那你已经很大了。"

"我不知道。"

"是的，外公，十二岁已经很大了，我才是小孩子。"

我们走了好一会儿，我们先到了"沼泽的圣安娜"教堂，再经过古老的诺拉娜门。小家伙几乎见到什么都要停下来，向我展示他的本领。在每个卖杂货的中国商店面前，每次看见一辆停着的摩托车或助动车，他都会停下来看。我不管他说什么，都会扯着他向前走，他后来一声不吭地跟在我后面。我时不时跟他说几句话，只是为了提醒自己，他还在我身后，我还牵着他的手。编辑的话在我脑海里盘旋，挥之不去，我试着往好的方面想，但我的理由越来越站不住脚，渐渐地，我的不舒服变成了光火。上学时，老师不喜欢我们说"光火"这个词，他们会纠正我们。"不要说'光火'，应该用'愤怒'，'光火'是方言词。"但通常来讲，在那不勒斯方言里，在我祖祖辈辈生活的地方，在瓦斯托、本迪诺城区，还有市场，大多数人连"愤怒"这个词都不知道，更别谈"阿基琉斯的愤怒"，以及书中其他人物的愤怒，他们只知道"炸毛"。我想，这个城市的人，生活在这些城区、广场、街道、小胡同里的人，还有在码头上卖命的人，大家都知道，码头上充斥着各种非法交易，人们通常是"炸毛"，而不是"愤怒"。他们在家里、在街上"炸毛"，特别是挣不到钱的时候，一言不合就和其他"炸毛的人"打起来。炸毛，是的，炸毛不是愤怒。你愤怒吗？你们愤怒吗？他们愤怒吗？你说什么呢？老师教给我们的词在街上毫无用处。这是一个"疯狗"的城市，我经常气得两眼发红，和书里说的"愤怒"不沾边。我们现在正在走向加里波第大街，我当时经常怒火中烧地走在这条路上。每次放学以后，我都不想回家，因为学校里的恶霸、暴虐的老师让我怒火中烧，有一种难以抑制的愤怒充满了我的胸腔、眼睛和脑袋，为了冷静下来，我会在城里走很久，我一直走到诺拉娜门，有几次甚至走到了圣科西莫大街。有好几次，我没法冷静下来，我从拉韦里奥城区走到了卡尔米拉城区。我像野人一样，走过那些破败的街区，最后走到港口。要是街上有人不留神撞到我，那就麻烦了，我咒天骂地，我并不是"愤怒"，我是"炸毛"，我嘲笑别人，朝地上吐唾沫，动手打人，也希望挨打。现在认识我的人肯定都无法想象这种情景，但以前我确实如此。我想，要是现在能回米兰就好了，假如青少年时期的我在半个多世纪后又复活了，要是我回到米兰，我一定会径直走到热内亚大街，走进编辑部所在的大楼，直接上三楼，二话不说就朝着那个没教养、批评了我的公子哥儿脸上吐一口唾沫：他批评的不仅是那两幅插图，而且是我一辈子的事业，他对我缺乏起码的尊重。只可惜，"炸毛"的季节已经过去，我把它埋葬在过去的岁月里。

"你知道什么是'炸毛'吗？"我问马里奥。

"外公，不能这样说话。"

"谁告诉你的，你爸爸吗？"

"不是，妈妈说的。"

"好吧，你是不能这样说话。"

"我可以告诉你一件事吗？"

"你想说什么都可以。"

"我喉咙有点儿干。"

"你累了吗？"

"对，我很累。"

"你很累，喉咙又干时，该怎么办？"

"你说怎么办?"

"要不来杯果汁?"

我们走进了最近的一家水吧,店里黑漆漆的,也没开灯。那是一家小店,里面没有咖啡的味道,也没有甜点的香气,只有烟味和一股难闻的气味。刚从外面进来,我的眼睛很难适应里面的黑暗。我环顾四周,想要找把椅子坐下来,但只看见一张小小的金属桌子,吧台里站着一个四十几岁的男人,他干瘦干瘦的,发际线很高,正在整理一个脏兮兮的台子。我说:"要一杯果汁和一杯咖啡,我们很累了,想坐一下。"然后我指了指那个没有放椅子的圆桌。那个男人忽然来了精神,他高声喊道:"娣娣,给这位先生搬把椅子出来。"从小店的后面出来了一个姑娘,拿着两把塑料椅子。我马上坐了下来,马里奥也爬上了他的椅子。小姑娘说:"您脸色真苍白。"她给我端来一杯水,我喝了一口,向她道了谢。

"你想要喝什么果汁?"我问马里奥。

他很认真地想了想说:"苹果汁。"

"真是太乖了。"姑娘赞叹说。

她说的方言是我熟悉的,但同时也像一串陌生的声音。尽管那个男人和那个女孩说话都很客气,甚至有些甜腻腻的,但它的基调依然是暴力。我想:只有在那不勒斯,人们准备随时真心帮你,也随时准备切开你的喉管。现在,我已经不会用那不勒斯方式表现得礼貌或者霸道了,大概是我体内的细胞已经将所有愤怒的成分排除出去了，并把这些作为有毒的废物，埋在了非常隐蔽的地方，一种疏离的礼貌占据了上风，和眼前这个男人那种热情礼貌完全不同。他马上给我准备了咖啡，那个小姑娘把咖啡和马里奥的果汁放在一个托盘里，给我们端了过来，仿佛这张桌子距离柜台很远，我的手没办法伸过去端咖啡和果汁。

"外公。"

"怎么了？"

"没有吸管。"

那个姑娘去了店铺后面，我想象着那是一个黑黢黢的地窖，通向这栋楼的最深处。不一会儿，她又出现了，手里拿着吸管。马里奥开始喝果汁，我也开始喝咖啡。咖啡味道很好，时隔多年，我居然想要抽烟。这个突如其来的渴望让我眼前一亮，我看见货架上摆着烟，那个男人也卖烟。我要了一包"MS"，还有一盒火柴。他把烟和火柴递给小姑娘，小姑娘又给我送了过来。

"您可以在这儿抽烟。"那个男人做了一个请便的手势。

"不了，谢谢，我等下到外面抽。"

"喝完咖啡后来支烟，赛过活神仙。"

"说得对。"

"那就来一支吧。"

"不了，谢谢，等下再抽。"

我突然想把他画下来，画下他和善、宽容的手势，我掏出了画笔和笔记本。我想告诉编辑，在距离他很远的地方，在我故乡的"黑暗之处"，这就是我的处世方式、我描摹世界的方式，他怎么能对我指手画脚。我画得很急，仿佛担心眼前的男人、小姑娘和水吧会消失不见，或者担心自己会消失。马里奥在一旁用吸管发出噪音，他探过身子，想看我在做什么，那个女孩凑过来看，忽然用充满喜悦的声音高喊："爸爸，你快过来看。"

她父亲从柜台后出来，瞟了一眼我的画，用一种极不自然、有些尴尬的意大利语说："您真的太厉害了。"

马里奥插了一句："我外公是个很有名的艺术家。"

"看出来了，"那男人补充说，"我以前也会画画，不过那股劲儿过去了。"

我有些疑惑地看着他，让我觉得震动的是，他讲到画画的爱好时，仿佛那是一种疾病，我合上了笔记本。是什么让我逃离了这座城市？是什么让我远离了这个男人、这个环境？事实上，尽管年纪不相仿，但我们可能有相似的童年和少年？还有那个女孩，她跟当年的美娜年纪相仿，美娜是我多年前深爱的姑娘，她当时就住在这附近的某条街上。我们在一起有几个月时间，我们很幸福，后来她就从我的生活里消失了。有一天晚上，美娜吻了我，那是一个很狂热的吻，延续了很长时间，后来她就再也不愿见我了。我那时已经无所适从了，我无法掌握在这里活下去的规矩。我开始画画，因为这种天分，我不知不觉摆脱了这

45

个环境。我脱离了当时的环境，她并没有更爱我，却非常讨厌我，就好像忽然间我身上长了疮疖。"你画的那些小破画，那么神气？你以为你是谁啊？"在离开我的前几天，她说，"你连驾照都没有，也不能带我去外面玩儿；尽管你住的房子漂亮，但你妈妈却没钱给你买鞋；你妈妈经常都没米下锅，因为你爸把赚的钱拿去赌博了。"

她说得对，这个城区的人都认识我父亲，因为他一有钱就去赌博，他赌钱不是为了赢——他很少赢——他只是喜欢那种刺激的感觉，他把三张牌攥在手里：你们偷偷看吧，看穿这些牌吧！这些牌就像是活的，可以随心所欲地变化，可以化腐朽为神奇。我很痛恨这个男人，整个童年以及青春期，我都想尽办法跟他断绝关系。我渴望成为一个独立的人，摆脱和他的血缘关系。我忽然发现了自己的才能：我用铅笔可以画出任何东西。当我向美娜展示这项本领时，她先是惊讶得张大了嘴，后来开始嘲笑我。她说："你把我们都画出来，我，还有其他人，这让你高人一等吗？"就这样，她很快认识了一些有驾照的男孩，每个周六，他们都可以开车出去玩儿。她对我说："你真是傲慢又自大！"然后跟我分手了。

我等着马里奥喝完果汁，但显然他喝不完了，现在他不是用吸管在吸，而是朝里面吹气，发出的声音让人讨厌，他一边吹气，一边还朝我微笑，他看着我，想知道我是否赞成他的做法。"好了！"我说。我付了钱，并留给那个姑娘一些小费。

"这太多了。"她有些不好意思，用询问的目光看了她父亲一眼。

"咖啡很好喝。"我说。

"果汁也好喝。"马里奥也说。

"谢谢。"那个男人代表他女儿向我道谢，我觉得他眼神里带着敌意，好像我留下小费是因为我偷偷拿走了什么。

外面现在又开始刮风了，白云之间露出了一道道蓝天。我抽出一支烟，马里奥用惊异的眼神看着我。

"外公，不可以抽烟。"

"外公老了，想做什么就做什么。"

烟闻起来很不错。美娜还喜欢我时，在她充满爱意的目光下，我会在风中点燃香烟。火柴擦着之后，风快要把它吹灭时，我迅速把微弱的火苗放在手掌和火柴盒之间。现在，我要再试一次。我把火柴在盒子一边摩擦，但火苗很快就熄灭了，根本来不及靠近烟。我试了一次又一次，马里奥看着我。为了把烟点着，我不得不躲到一个门廊里。我的肢体动作不再协调，我不再潇洒。有那么几秒，我觉得自己很没用，我处于漫长的分解过程中，会成为有机物或无机物的一部分，会回到土地和大海深处，变成生命的最初形式。

"我们回家吗？"马里奥问。

"你累了吗？"

"对。"

"去幼儿园比跟外公在一起更开心吗？"

"不是。"

"所以呢？"

他仰着头，用痛苦的表情看着我："你可以抱我吗？"

"不能。"

"可是我很累，脚也疼。"

"我也累，膝盖也疼。"

"但我是整条腿都疼。"

我们你一言我一语，都说着我怎么样我怎么样，争执着抱不抱他的问题，我们都说得理直气壮，但实际上却更像微弱的嘀咕。我抱起马里奥，并告诉他，五分钟后我就会把他放下来。马里奥很喜欢我带的那两本书，但却不喜欢书中的插图，他说，插图的颜色太暗了，下次用色要更明亮一些。马里奥这样评论我多年前备受赞赏的画，他说的并不是前些天我随意画的那两幅，但他的话和编辑很像。一直以来，我都认为那些插图画得很好，但我还是相信马里奥的感觉。于是，所有意见、赞同都在几秒内粉碎。我想，对一个孩子来说，我的画可能什么都不是。

八

我们回到家里，发现萨莉把屋子收拾得干干净净、井井有条，她还把午饭做好放在厨房桌子上了。吃了饭，我想去躺一会儿。我实在太累了，我抱着马里奥走了好长一截路，最后我好不容易才说服他自己走回家。我刚准备躺下，孩子就把玩具摆在我脚边玩了起来，想让我陪他一起玩儿。这样一来，我也睡不成觉了。我对他说："你自己玩儿吧，外公去画一会儿画。"他没吱声，假装玩得很专注，但能看出他有些失望。

我把带来的铅笔、彩笔、画册和电脑通通拿到客厅，我要给小说画插图，为了找些灵感，我看了会儿詹姆斯的小说片段。不知道为什么，读了一段文字之后，我忽然想起了咖啡店里的男人，我就在之前的速写本里找他。如果这个男人真的有画画的天分，这种天分后来就像一场高烧一样退去了，那我画里的他，只是他生活的一种可能。也许是出于这个原因，他才那么吸引我，所以有那么几秒，我在他旁边看见了一个白色的影子，就顺手画在了旁边，我在画他时，用清晰的笔触画出了他那张有些扭曲、布满皱纹的脸，还有那双粗糙结实的手。我想用一张大点的纸，把这个场景重新画下来。男人的形象鲜明起来，而那团模糊的影子很像一个幽灵。我错了，我不应该把这两个形象画在一起。他们可能曾经距离很近，但后来酒吧里的男人占了上风，一切都凝结在他身上，两个形象之间的分离变得无法避免。我忽然想到一些问题：我从哪里来？我和什么分离开了？这个问题激起我的想象，这时候，我耳边传来马里奥的声音："外公，你在干什么？快过来，爸爸回来了。"

萨维里奥回来了，身上的雨衣还没脱，就叮嘱马里奥："不要打扰外公。"他看起来很沮丧，抱怨说贝塔还在大学，说到"大学"时，他不像在说一个工作的地方，仿佛在说一家酒吧，好像我女儿打扮得花枝招展，在那里抽烟、喝酒，用低沉的声音唱歌。我没接茬，他说他要去书房工作一会儿，再修订——他的确用的是这个词——一下他的发言稿。马里奥不去缠着他爸爸，他站在客厅门口，不走也不吵闹。还说不打扰外公！我叹了口气，站起身来对他说："好吧，我们一起去看看你的玩具。"

他马上开心了，把一大堆玩具一一展示给我，介绍他喜欢的玩具的名字和功能，有的玩具看起来很丑。他也没有问我要不要和他一起玩儿，就把我拉进了他的幻想世界，一切都设置好了，在这个世界里，我要按照他的指示来做。一旦出错，他就奶声奶气地责怪我："外公，你不明白吗？你现在是一匹马，你没看到自己是一匹马吗？"我一旦走神，他也不开心，不高兴地问我："你是不想玩了吗？"

我时常走神，脑袋也不清醒，老是出错，我觉得太无聊了，不知不觉又想到了詹姆斯的小说，想到了在水吧里画的那幅画。有那么几秒，我脑子里浮现出几幅不错的画面，我打算把它们画下来。这时马里奥提醒我："外公，小心熊！"这时周围有很多动物，在他看来，那头熊只会袭击

50

我。孩子的想象力天马行空，让我的想象变得黯淡，我有些消沉，眼皮子快要合上了。马里奥推我一把，有时候他大声叫我，我才能清醒过来。

我本想休息一会儿，但这时候，孩子看到我很不积极，就嚷着要去找爸爸，问他愿不愿意和我们一起玩儿。我没阻止他去找萨维里奥，却借机躺下了。但他马上又回来了，把我从半睡半醒中叫起来，说我们先玩着，爸爸答应他，忙完工作就陪他玩儿。马里奥有些沮丧。我用手肘撑起了身子，问他："你有朋友吗？"

"有一个。"

"只有一个？"

"是的，他住在一楼。"

"他也住在这儿，和我们一栋楼？"

"是的。"

"你为什么不去找他玩儿？"

"妈妈不让我去。"

"他呢，为什么不来找你玩？"

"他父母也不让他来找我。"

"他很小吗？"

"他六岁了。"

"那比你大。"

"是的，但他父母不让他出来。"

"如果你们从未见过面，怎么能算朋友呢？"

他向我解释，他们是通过阳台建立起的友谊，马里奥用绳子把桶吊到一楼，两人通过桶交换各自的物品。那个小男孩叫阿提利奥。

"你们交换些什么？"

"玩具、糖果、果汁，什么都有。"

"也就是说，你把东西放进桶里给他，他把东西放进桶里给你？"

"不，只有我放东西。"

"你的朋友只管拿？"

"是的。"

"他把你的东西都偷走了。"

"不能算偷，是我借给他的。"

"他会还给你吗？"

"不会，妈妈会去拿回来。"

"她会生气吧？"

"非常生气。"

我马上明白了，桶的事情对贝塔来说是个麻烦，也造成了两家的矛盾。唯一把一楼那个小男孩当朋友的，只有马里奥。

"你想看看我是怎么把桶吊下去的吗？"他想激起我的兴趣。

我看着窗外，天暗下来了，但依稀能看到栏杆、桶和桶上系着的绳子。

"不看了，外面太冷了。我不敢去阳台上。"

孩子脸上浮现出一个微笑。

"你是大人，怕什么？"

"我妈妈——你外曾祖母也害怕去阳台上。"

"不可能。"

"千真万确，她恐高。"

"恐高是什么意思。"

我没有耐心，也不想费精力去解释，就敷衍他说："那不重要。"

这时候，萨维里奥连影子都没见着。我提议马里奥拿出我送他的童话书，我给他讲故事。读到第四个故事时，我口干舌燥，还好这时贝塔气喘吁吁地回来了。

她走进房间，看见我和马里奥正躺在床上，我刚开始给他讲第五个故事，他正听得起劲。

"外公不讲了，把书给我。"她说。

我们一起去了厨房，她想知道我有没有看她写的那张纸条，就是她不在家期间，我需要注意的事项。我坦白说我还没看，于是她又带着我在家里转了一圈，一条条地给我重申她前一天晚上已经叮嘱过我的事。吃晚饭时，她还在讲这些事情，让人很不清净。萨维里奥不耐烦了，提醒了她好几次："贝塔，你爸很聪明，他已经明白了。"晚餐后，行李还没收拾妥当，贝塔又开始对我念叨，但这次显然有好处，因为她发现她没给我留儿科医生的电话，还有她朋友的电话，那是在紧急情况下我可以联系的人。她也没有给我留水管工的电话，假如浴室坏了、下水道堵了，那我可以打电话叫人帮忙。

"你跟我说了，一切问题都可以找萨莉，但她后天来不了。"我忍不住说。

她不客气地说："那有什么？萨莉会把饭做好放进冰箱，你太焦虑了，爸爸。"

"那是因为我工作不顺利。"

"别再和马里奥浪费时间了。你怎么给他讲起故事了？你跟他说，你要工作，他可以自己玩的。我只要求一件事情，别让他看电视，要把遥控器藏起来。"

"好吧。"

"别让他去阳台，免得着凉了，萨维里奥让他玩那个桶，我很反对，一楼那个孩子总偷他的玩具，到时候我还得去要回来，免不了一顿吵。"

"我要送他去幼儿园吗？"

"是的，幼儿园离家很近，就几步路。我把地址写在纸条上了，老师那边我也交代好了。"

"我可以不送他去幼儿园吗？"

"你看着办，晚安，爸爸。"

"晚安。"

"每天晚饭前，我都会给你打电话，了解一下你们的状况，看你们有没有问题，你一定要及时接电话，别让我着急。"

她让我哄孩子睡觉，我看见马里奥穿着睡衣坐在我床边，正在玩我的手机，我一把拿过手机，对他说："这是外公的手机，你不能玩。"

"爸爸的手机都让我玩。"

"我的你不能玩。"

"你的手机不好玩，没有游戏。"

"那好，你就更不要拿了。"

我把手机放在高处，一个摆满玩具的书架顶，一个马里奥够不到的地方。他闷闷不乐，央求我再给他讲个故事。我告诉他，我已经给他讲了四个故事了，他已经是个大孩子了，没人讲故事也可以睡着，外公也不需要人讲故事。我们各自躺上床。关灯后，黑暗中传来萨维里奥的吼叫："你无法容忍我比他们都强。我不得不和那个混蛋共事，你想尽一切办法，让我在他面前丢脸。"我没听到贝塔的回应，整晚我都睡得很沉。

第二章

一

我和马里奥单独待在一起的第一天,各种小事不断,这加剧了我的焦虑和不安。早上,我艰难地醒过来,过了好一会儿才明白自己身在何处。我发现那时已经快八点钟了,我赶紧起身,脑袋还晕晕的,我瞟了一眼旁边的儿童床,马里奥不在床上。我的心马上怦怦跳起来:贝塔和萨维里奥肯定已经出门了,他们要去赶飞机,马里奥去哪儿了?我在厨房找到了他,他正在那儿翻看我送给他的童话书。餐桌已经摆好了两个人的餐具。我以为是贝塔的准备的,但马里奥一看到我,就露出了笑脸,开心地说:"外公,我把糖摆在我这边了,反正你也不放糖。"

他早早起床,但没有叫醒我,自己吃了几块饼干,还摆好了餐桌。

"但是,"他又说,"我在等你来开煤气。"

"你真乖。明天你要记得叫我起床。"

"我叫你了,你没听见。"

"我太累了,以后不会这样了。"

"你这么累,是因为昨天抱了我吗?"

"对啊。"

我给他热了牛奶，又给自己泡了茶。他喝得很香，又吃了很多巧克力饼干。然后问我："我不用去幼儿园吗？"

"你想去吗？"

"不想。"

"那就不用去了。"

他做了个夸张的手势，看起来高兴坏了，等他平静下来，又小心翼翼地问："我们待会儿一起玩吧？"

"我要工作。"

"一直工作吗？"

"对，一直工作。"

在洗手间里，我也不省心。马里奥站在小板凳上刷牙洗脸时，把背心打湿了，他告诉我在哪里可以给他找到一件替换的。我好不容易逼着他把衣服穿好，他又一脸神秘地说："我得去那个了。"他回到洗手间，把小板凳放在马桶前，又跑去拿来我画了插图的童话书，放到了小板凳上，这才脱下裤子坐在了马桶上。

"外公，关一下门。"他对我喊道，但目光始终没从书上移开，他把书摊开，就像面前是一张书桌。

我关上门，走到客厅，那里放着我画画用的所有东西。但没过几分钟，我又听到马里奥在喊："外公，我好了。"

我又得重新帮他脱衣服，清洗。等到要穿衣服时，他坚持要自己来，我在一旁看着他慢吞吞的动作，真是让人着急。

这时萨莉来了，我松了一口气。她出现在家里，打扮得像位贵妇人，虽然她身材臃肿，却穿得很高雅。她一来就走向走廊尽头的房间，那是马里奥房间旁边的储藏间。她再出来时，身上穿了一件破旧的短袖、一条皱巴巴的裤子，脚上踩着拖鞋，显得很胖。

"您帮我看会儿孩子，我得工作了。"我对她说。

看来她心情不错，决定表现得客气一些。

"别担心，你去工作吧，小马里奥很乖。对吗，小马里奥？"

马里奥没回答，却问我："外公，我可以看你画画吗？"

"不可以。"

"我就坐在你旁边，不吵你，我也要画画。"

"画画不是玩儿，"我说，"外公是在工作。"

我把自己关在客厅。但没几分钟，我就发现自己根本没心思给亨利·詹姆斯的小说画插图。我疲惫地坐在一张椅子上。昨晚我睡了很久，根本不像我平时的作息，但我还是筋疲力尽，一点也不想工作，虽然这是我一辈子都很热衷的事业。不仅如此，当我撇开那些赋予我人生意义的才能，重新审视我现在的身体时，我感到很震惊。我越想，越是清醒地看到自己的处境，忍不住自怨自艾起来。我忽然间看到一个没用的老头，有气无力，走路不稳，老眼昏花，忽冷忽热，意志涣散，很难打起精神，伪装的热情，真实的忧伤。这才是我真实的样子，沮丧像波涛一样开始蔓延，不止现在的我是这个样子，不止在那不勒斯，在少年时代的老房子里我忽然成了这副模样，我意识到，可能在米兰，在很久以前——十年或十五年前开始，我就已经成为这个样子了，只不过没现在这么明显。一直到今天，我都在假装自己拥有旺盛的创作力。我的艺术生涯一直维持着稳定状态，没有大起大落。当成功到来时，我觉得很自然，我从来都没有刻意争取过，也没有想保持：很简单，我的作品应该得到认可。也许因此我一直觉得，成功永远不会变质。自然而然地，我也从未注意到约稿越来越少，我也很少受邀参加那些重要的庆典。曾经让我获得一点声望的那个世界已经成为过去，被另一个世界取代了，但我一直都没有觉察到这一点。一些新权威取代了之前的权威，年轻人很激进，也很霸道，他们根本都不知道我是谁，我做了什么。有时候他们也会找我，只是为了利用我开启他们的成功之路。我想，我不能再对这些衰落的迹象视而不见，它们如此猛烈，简直可以震碎玻璃：编辑打来羞辱我的电话；想象力的衰竭已经无法逆转；而我女儿——我唯一的女儿，在我还没意识到外公这个身份时，就用这个角色把我套住了。

我长长叹了一口气，发现自己不由自主地摆了摆手，做了一个马里奥的习惯性动作。当我听到萨莉叫我，竟然有些庆幸。"外公，"她声音很大，很亲热地喊着，"外公。"她显然不知道该怎么称呼我，就用了马里奥对我的称呼，觉得这样总不会错。或者，因为我是马里奥的外公，她便认为我就是外公，是任何人的外公，当然也是她的外公，可是，天呐，她可一点都不年轻了。她象征性地敲了敲门，马上就把门推开了，大声说："不好意思，外公，马里奥把电视打开了，不肯关上。"

"什么电视？"

"电视呀，不能让他看电视，贝塔太太没跟你说过吗？"

"说过。"

"那你得管管呀，外公。"

"您别叫我外公：我不是您外公，我也不觉得自己是马里奥的外公。"

我喘着气从椅子上站起来，跟着她到了走廊上。电视机里传来飞机嗡嗡的轰鸣，时不时地还有男人浑厚的叫喊声。

"马里奥在哪儿？"

"在萨维里奥先生的书房。"

"萨莉，如果马里奥做了不该做的事，您应该阻止他，而不是来叫我。"

"可是他不听我的话。我又不能打他一耳光，但你可以。"

"一个四岁的孩子，怎么能打耳光呢？"

"那就'咚咚'他的手心。"

"我不知道什么是'咚咚'。"

其实我知道，但这个词让我很厌烦，我那个年代，人们对孩子讲话也开始提倡用成人说的意大利语了。

"贝塔太太就是这么说的。"

"那就等她回来再说吧，让他母亲'咚咚'他的手。"

我跟着她来到萨维里奥的书房，那里飘着一股大蒜和洗洁精的味道。马里奥坐在电视机前，这时候他忽然转过身来。萨莉说："你看，我真把外公叫来了吧。"

"你不应该告状。"小家伙回了一句。

我说："她做得对，如果有必要，她应该叫我。而且你把音量开得那么大，我没办法工作，快把电视关了。"

"那我把音量调小点。"马里奥说，手里抓着遥控器。

我从他手里夺过遥控器，关了电视。我心平气和地跟他讲道理："马里奥，对我来说，你什么时候想看电视，早上、下午或晚上都可以，我都不想管。但你妈妈不同意，如果你妈妈不同意，那我和萨莉就不能让你看。所以如果萨莉让你关电视，你就要听话。如果是我让你关，你再也别跟我说'那我把音量调小点'这种话了。明白了吗？"

马里奥盯着地板，点了点头。他抬起头看着我手中的遥控器，又要伸手去拿。

"我可以给你演示怎么打开电池盒吗？"

"不行，你别想再拿遥控器了。"

"那我能干什么呢？"

"你去玩吧。"

"去阳台上？"

"不行。"

"今天有太阳。"

"我说不行。"

"那我可以看你画画吗？"

他很固执，一点也不想让步。我盯着他看了很长时间，想让他知道我态度坚决。我发现他上嘴唇全是汗水，就让步了。

"好吧，但你不能打扰我。"

"我不会打扰你的。"

"你不能吵着说：外公，我想要这个，我们玩那个。"

"我不说。"

"你要乖乖坐着，不准说话。"

"好，但我要先去尿尿。"

他跑开了，我听到他把自己关进了洗手间。萨莉之前一直没说话，现在趁机开始说我："外公不是这么当的。"

"什么意思？"

"你吓到他了，可怜的孩子。"

"那您还想让我扇他耳光呢。"

"扇耳光可以，但这样不行。"

"什么不行？"

"你语气太重了。如果你有事要忙，很烦躁，马里奥可以让我带。"

我不觉得自己的语气有什么问题，也许我和她说话时，语气太随和了。马里奥又跑了回来，他眼睛微微发红，像是用力揉过。

"我好了。"

我努力用一种开玩笑的语气问他："你是想看我工作呢，还是想看萨莉工作？"

他假装用犹豫的目光看看萨莉，又看了看我，然后用一种夸张的语气兴高采烈地喊道："我想看你工作。"

他轻快地跑向了客厅。我对萨莉说："您也看到了，他更喜欢我。"她好像并不认同，说她要去厨房做饭了。我看着她走出萨维里奥的书房，身子有些佝偻，这让她看起来更矮了。我忽然想起来，明天萨莉不会过来，我要和马里奥单独待一整天。我提议说："您明天别请假了，我会付您一整天的工资，您早上九点过来，晚上八点回去，不用做清洁，只需要帮我看着马里奥。"她没有转身，回答说："明天我有事儿，明天对我来说很重要，决定着我的未来。"这个老女人，未来？什么未来，她能有什么未来？我气呼呼地回到了客厅。

二

马里奥在客厅看我画画，他搬了一把椅子，想尽可能

66

挨着我坐。

"我能玩玩你的电脑吗？"他问。

"想都别想。"

我迟疑了会儿，在马里奥旁边坐下。我特别想拿起手机打给编辑，对他破口大骂："去你妈的氧气，狗屁色彩鲜明！你干脆说，到底什么地方不行，不然我就不画了，谁稀罕你那几个臭钱，我可不想浪费时间。"但我最后没打给他，刚才困扰着我的问题又回来了：我真是老了。我需要这份工作，并不是因为钱——我的积蓄，再加上米兰的房子足够让我安享晚年了，但我很害怕那种没有工作催着我的生活。五十多年来，我都生活在截稿日期的压力下，我一直都很担心自己没法面对那些编辑和合作者。顺利交稿后，我总是很喜悦。坦白来说，这种情绪起伏就像秋千一样，这是我的生活方式，假如失去的话，我真无法想象怎么生活。不！我无法接受生活发生改变，我还是希望可以继续对我的熟人、女儿、女婿，尤其是对我自己说："我要给詹姆斯的小说画插图，现在进展不怎么样，我要尽快想办法，找到灵感。"就这样，在马里奥的注视下，我开始细细琢磨我的画，特别是两天前的晚上画的那些乱糟糟的画。

刚开始，我这样做是想让自己平静下来。虽然客厅门关着，饭菜香味儿还是飘了进来，让人心旷神怡。我注视着画稿，偶尔会用余光看看马里奥，他现在很乖，坐在椅子上，没有乱动，安静得出奇。他和我一样，目光一直都

67

盯着画稿看，就像是和我比赛谁坚持得更久一样。后来我就忘了他的存在。我萌生了一个念头——我想把这套公寓多年前的样子，作为詹姆斯小说中纽约那套房子的背景。这个想法让我打起了精神，这是一个不错的开始——把十九世纪纽约的房子和二十世纪中叶那不勒斯的房子交融在一起，真是一个好主意！在那些画得乱糟糟的画稿上，我用铅笔把一些我觉得有用的细节圈了出来。我的灵感忽然爆发出来，一些图像清晰地呈现在脑海里，让我感觉胸有成竹。这时候马里奥轻轻叫了我一声，我有些粗暴地说："闭嘴，你刚才答应过我的。"可他又轻声重复了一遍："外公。"

"之前我们怎么说的？"

"不准说话，也不准乱动。"

"那你还叫我。"

"可我得给你说一件事儿。"

"只能说一件，你说吧。"

他指着画稿右面的一个角落上的几笔速写，那也是我正在看的地方。他说："这里画的是你。"

我盯着那些线条，那是漫不经心画出来的。画的可能是一个拿着匕首的年轻人，也可能是一个举着蜡烛的小男孩，不是特别清楚，好像是我无意中画的。这是什么时候画的？前天晚上？刚才？那些线条画得很匆忙，好像还没有成型就已经消失了，但我觉得很满意，这让我想到了我小时候就擅长的事情。出乎我预料的是，我好像勾勒出了那个时代的某些东西，也就是说，我和父母还有兄弟姐妹生活在这套房子里时的情景，这让我很振奋。我想，这很好，我一定能用上。

"你喜欢吗？"我问马里奥。

"不怎么喜欢，你让我有些害怕。"

"这不是我，是我乱画的。"

"这就是你，外公，我证明给你看。"

马里奥果断地从椅子上溜了下去。

"你去哪儿？"

"去拿相册，外公，你拿着那幅画，跟我一块儿去看。"

他等我站起来，拉着我的手，好像怕我们会走散一样。我一推开客厅门，一阵冷风就吹在我们身上。萨莉把窗户都打开了，给房间通风，把湿滑的地板吹干，现在整个屋里冷飕飕的。窗子打开之后，没有隔音玻璃，路上车辆的声音忽然特别吵。我们走进贝塔的书房，书房窗户也开着，外面的噪音掩盖了远处的叫喊声，以及拍打地毯的声音。马里奥将一把椅子拖到一个满是小门的柜子前，我试图阻止他。

"告诉我相册在哪儿，我来拿好不好？"我对他说，但说了也没用，他喜欢爬上爬下。他转动钥匙，打开了其中一扇柜门，拿出了一本深绿色的旧相册递给我。

"记得把柜子门关好。"我提醒他。

他关上柜子门。

"要锁住。"

他熟练地转了转钥匙。

"你真是个小矮人。"我对马里奥说。

"我不是。"

"你就是个小矮人。"

"才不是呢，我是小孩，不是小矮人。"他生气地说。

"好吧，你是小孩，对不起，外公老糊涂了，净说些傻话，不要生气。"

我想帮他从椅子上跳下来，但他不想让我扶，他挣脱了我的手，自己从椅子上跳了下来，落地时他发出了一声欢呼。他问我："你刚刚说，我是七个小矮人中的一个吗？"

"没错。"我回答说。我说我刚才是在夸他，夸他像个小大人，很懂事，他不该生气。我把相册放在书桌上，问他想给我看的照片在哪儿。我很熟悉这本相册，里面装满了我们家的老照片，这些照片是我母亲留给我妻子的，我妻子去世后，就留给了贝塔。马里奥一本正经地翻着相册，将其中一张照片拿给我看，这张照片上有我母亲和我，还有几个兄弟姐妹。我都不记得有这张照片了，我特别不喜欢我的青少年时期，在我看来，那段时间我每分钟都过得很糟糕，我不得不做一些我不想做的事，所以我根本就不想看到这张照片。拍照的人肯定是我父亲，他透过相机看着我们，我们看着镜头。母亲和几个弟弟妹妹都微笑着，但我没有。那时我多大来着？十二三岁吧。我不喜欢自己的长相，我的脸又窄又长，还没长开。时间过去了那么久，这张照片保存得非常完好，只是照片上我的轮廓变形了，也有可能这张照片一直都是这样，在曝光过程中出现了问题，破坏了我的外形。我的面孔、干瘦的身体都很不完整，照片上看不见我的嘴，也看不见鼻子，我的眼睛藏在眼眶浓浓的阴影下，头发也和天光交融在一起。相机定格的这一瞬间，我只看到了对父亲的怨恨。虽然在照片上看不见我的眼睛，但我一定是带着敌意看着他。我讨厌他赌博，他让我们一家人吃不饱穿不暖，没钱去赌博时，他浑身的戾气都会发泄到我母亲和几个兄弟姐妹的身上。我在照片上清楚地看到那种敌意，这让我非常不适。

"你看，这是不是你？"马里奥问。

"才不是呢。"

他把我的画和照片放在一起进行对比。

"别不承认，外公，这就是你。"

"我以前不是这样的，是这张照片把我拍成这样了。"

"但这和你画得一模一样，你看，你真丑。"

我气得发抖，说："对，我是丑。可你这样直接说出来，真是很讨厌。"

"爸爸说，我们要说实话。"

我想，这话可能是萨维里奥说的，他说那张照片中我很丑，可能他一直都觉得我很丑。身体是自然中微不足道

71

的产物，让人们相互喜欢，这需要有一些共同点。很显然，我和我女婿之间很难找到共同点。我听见叫喊声在持续，拍打地毯的声音也越来越大。我看向对面的公寓楼，没人在叫喊，也没人在拍地毯。我问马里奥："外公不止长得丑，耳朵也很背，你听见叫喊声没有？"

"听见了，是萨莉。"他一边合上相册，一边回答说。

"萨莉？那你为什么不早说？"

"怕打扰你呀。"

我拽着右耳朵，我觉得这样可以听得清楚些，叫声是从马里奥的卧室传来的，我走过去看是怎么回事。马里奥跟在我身后，就像他早就知道发生了什么似的。阳台门关上了，萨莉被关在了外面。她用手拍打着隔音玻璃，可拍打声、她呼叫我们——"马里奥、外公"的声音，因为隔音玻璃，在房间，在整套房子里听起来都很微弱。我还记得贝塔的叮嘱：阳台门——家里唯一门框是白色的那道门，不怎么好用。我很厌烦，心里想：先是编辑、马里奥，现在又是萨莉，我根本没法专心工作。这女人本该照顾我和马里奥，而现在却因为她的粗心大意，浪费我的时间。萨莉把所有窗户都敞开着，她去了阳台，没想到一阵穿堂风就把阳台门给关上了。现在她被困在那里，不停地呼救。

"别敲玻璃了，"我说，"我们不是过来了嘛。"

"我都叫了半个小时了。"

"有这么夸张吗？"

"你没听见吗？"

"我耳朵很背。"

"你知道怎么把门打开吗？"

"不知道。"

"萨维里奥先生没对你说吗？"

"没有。"

萨莉露出沮丧的神情，又拍了一阵玻璃。那一刻，我想，我们俩相互讨厌，觉得在对方身上浪费了时间，但正是因为这一点，我忽然觉得她很亲切。而马里奥还在一旁给我添乱，一门心思想着玩儿。

"外公，我知道怎么打开阳台门。"

我没有理他，问萨莉："您从外面打不开吗？"

"要是我打得开，我就不用叫你了，外面连把手都没有。"

"怎么会没有把手？"

"我只知道，这门萨维里奥先生买来就是这样，从里面用力往上提把手，再向下扳，就能打开。"

马里奥插嘴说："明白了吗，外公？你提一下那儿，再扭一下这儿。"

他在一旁给我演示具体的动作，我不由自主照着他说的做了一遍。

"就是这样，"他很赞同，"我搬把椅子来帮你？"

"不用，我自己来。"

我试了一下，完全没用，门还是打不开。

"外公，你应该再用力点，就像爸爸一样。"

"你爸还年轻，外公老了。"

我又试了一下。我用力把把手往上提，很干脆地向下扳，但还是没用。

"我不能一直都待在这里，"萨莉激动地说，"我还要去别家打扫呢，打电话叫消防员来吧！"

"消防员？用得着吗？"

为了引起我的注意，马里奥一直在拽我的衣服，看我不理他，就开始用拳头砸我的大腿。

"我想到一个办法。"

"你的办法自己留着吧，让我安静地想想。"

他还是不罢休，一直在打我大腿。我叹了口气说："你说吧。"

"让萨莉把桶放下去，把空气像水一样，一点点提上来，当我们的楼房挨到地面时，她就可以翻栏杆出去了。"

萨莉气急败坏地喊道："我要是不去干活，会被解雇的！求求你，想想办法吧。门打不开，可以用螺丝刀呀。"

"对！"马里奥附和说，"爸爸有时候就是用螺丝刀开门，我可以帮你，要我去拿螺丝刀吗？"

"你闭嘴就已经帮我大忙了。"

我有些激动，无法集中注意力。我有多久没用过螺丝刀、扳手、钳子这些工具了？我突然想到了我在稿纸边上画的那几笔速写，还有马里奥的声音，他坚持认为我画的是照片中我小时候的样子。在那个年纪，我真是个问题少年，学习成绩不好，拉丁语学得很吃力。父亲把我送到一家离家不远的修理厂，现在这家修理厂已经没有了。那几个月，我的手、脑子，开始走上了另一条道路，也许，我乱画的速写真和那个阶段的状态相关。我想，我应该照着这个路子画，我感觉自己已经准备好了，这个信念很顽固。我愣在那里，脑子并没在琢磨怎么把萨莉解救出来，而是闪过一幅幅画面。我想象我年轻时的样子，那时候我能用正确的方法扳动门把手，也能熟练使用螺丝刀。我感觉自己能一气呵成，画出那个干练的形象，我可以从骨节粗大、沾满油污的手画起，画出强壮的手臂和伸长的脖子，一直到脸上狰狞的表情。我的脑子里有多少我青少年时期的画面？从十二岁到二十岁期间的变化过程，后来我长大成人，终于找到了离开家的勇气和力量。我现在想象着要向后跨一大步，跨越五十多年的职业生涯，回到刚开始。那时候，我刚对绘画有了最初的尝试，好像我真的能把现在焦灼、反复的尝试抛在身后，可以一下跳入绝对的零度，那是一个封存着一切的冰窟。我带着满腔的怒火——是怒火，不是气愤，抓住把手向上推，猛然向下扳。我听见"咔嚓"一声，我拉了一下门，门开了。

"终于打开了！"萨莉走进房间，叫嚷着，"我要赶紧走了，我要迟到了。"

她教我们怎么热当天和第二天的午饭和晚饭，但她只对着马里奥交代，她一点儿也不信任我。她进了储物间，出来时，看起来像是一位成熟优雅的贵妇，她最后摔门而去。

我坐在床边，马里奥脱了鞋，爬上我的床，一边欢呼一边在我床上跳，把萨莉刚整理好的床又给弄乱了。马里奥问我："外公，你不跳吗？"阳台门敞开着，阳台向着蓝色的天空延伸，我看见阳台黑色的砖缝中长着一根暗黄色的小草。我对马里奥说：

"马里奥，用桶是不可能把空气提上来。你刚对我说的，千万不要去尝试，那很危险。空气一直都会存在，你要是爬出栏杆，一定会摔死的。你爸爸没有对你说过吗？他难道只对你说过我长得丑吗？"

我脱掉了鞋子，上了床，牵着马里奥的手，我们一起在床上跳了一会儿。我感到心脏像是一个鲜活的肉球，一上一下，从胸口跳到喉咙又落下来。

三

马里奥可能觉得，现在我们可以痛痛快快玩了。实际上，我只是想让他高兴一下，然后回去安心工作。我们吃了萨莉做的饭，真是很美味。我吃饭时，就已经开始想把构思好的画面画出来，我用一只手把饭送到嘴边，用另一只手快速绘制着草图。但我不得不说，我画得不怎么样。

这都是因为孩子一直在打扰我，他缠着我，不停地提议午饭后我们可以玩的游戏——一些在他看来非常有趣的游戏。最后，我做出了让步，我说："我们把餐具收了，玩一些有趣的游戏，但只能玩一会儿，你要知道，外公有事要做。"

我在他的指示下收拾餐桌，他不停地说我做得不好，一切都要放在该放的地方。我对他说，萨莉来了会收拾的。但没用，他还是坚持让我把东西放好。他这么仔细，刚开始我怀疑这可能是他父母调教的结果，但我很快发现，事情并不是这样。他特别希望受到表扬，他爸爸妈妈当然都会装出很高兴的样子，每次他把东西用完归位，他们都会表扬他，他期待我也能表扬他。但我对他说，盐瓶子放在哪儿，那有什么关系呢？就放那儿吧，不要那么烦人。他抿了抿嘴唇，迷惑地看着我。最后，我终于成功阻止了他的孜孜不倦，我对他说，如果我们浪费太多时间收拾厨房，就没时间玩游戏了，他很快就接受了。我们马马虎虎收拾了一下，他问我："现在可以开始玩儿了吧？"

他逼我跟他玩梯子的游戏，还有骑马的游戏。第一个游戏让我不停地打哈欠。这个游戏就是从储物间里把梯子拿出来，打开，保证梯子放稳当，让他爬上爬下。刚开始，他一级一级往上爬，我在后面跟着他，防止他掉下来，这让他很抵触，他觉得我没必要跟着他。他反复抗议，他说服我让他一个人往上爬，我只要站在下面，扶着他的一条手臂。最后他摆脱了我，说："我一个人能上去，不要扶着我。"

"如果你掉下来怎么办？"

"我不会掉下来的。"

"假如你掉下来的话，那你就哭吧，我不会管你的。"

"好吧！"

"我们把话说清楚，你只上下三次就好了。"

"不行，我要玩三十次。"

"您知道三十次是多少次吗？"

"很多次。"

他不知疲惫地爬上爬下，我看着都累。我拉了一把椅子过来，坐在了梯子旁边，我很费劲儿地盯着他的每个动作，随时都防备着他掉下来，好马上接住他。他小小的身体里到底有多少力气。他的皮肤、血肉、骨头和血液，呼吸、养分、氧气、水、电磁波、蛋白质和废弃物，到底在发生着什么样的反应？我看着他咬咬嘴唇，向上看，他的小短腿艰难地跨越两个台阶之间的距离，他的手紧紧抓住金属梯子的两边。他下来时小心翼翼，同时也很大胆，下面的脚还没踩稳，上面的脚已经脱离了梯子。这是一个很有决心的小家伙，眼睛看看上面，又看看下面，充满了冒险的恐惧和兴奋。为了让他停下来，我只好说，我们玩下一个游戏。

现在我要当马了，我要嘶叫着趴在地上，他爬上去骑在了我的背上，抓住了我的毛衣，很熟练地命令我："迈步，小跑，快跑。"假如我没有及时听从他的命令，他会用后脚跟踹着我的肋骨，大声喊着："快跑，我说快跑，你聋了吗?"是的，我耳朵很背，也很累，很虚弱，这是他无法想象的。这个孩子，尽管他掌握了很多词汇，但他还是一只粗野的小动物，他真把我当成一匹马了。这时候，他已经不再称我为外公了，他开始称我为"飞马"，这可能是萨维里奥告诉他的。但他才是一匹真正的"飞马"，他整个身体都充满了一种无法控制的能量，那是生命力的迸发。我的身体根本无法适应，我每动一下，我的手腕、膝盖和肋骨都很痛。然而我想尽力在家里爬一圈：走廊、厨房、贝塔的书房、客厅、玄关，还有萨维里奥的小书房，最后我回到了我们的小房间。房间窗子开着，房间里很冷。但这时我浑身滚烫，四肢的血液像岩浆一样，流向了我的血管和心脏，我浑身是汗，可能比晚上出的冷汗还要多。假如在马里奥的身体里发生了一些愉悦、猛烈的化学反应，那么在我的身体里就发生了一种疼痛、忧伤黯淡的反应。我身体里的反应越来越虚弱、无力，就像那些不想学习的学生在做作业。我抓住了孩子的一只手臂，在他说再来一圈之前，把他从我背上拉了下来。

"马累了。"我喘息着说。

"不累。"

"累了，马累死了。"

我把他放在地板上，我躺在他旁边冰冷的瓷砖上。

"现在我们歇一口气。"

"我不用歇，外公，我们再转一圈吧。"

"想都别想。"

"爸爸会带着我转五圈的。"

"我只能转一圈，你要学会满足。"

"我求你了。"

"我要去工作了。"

"那我怎么办呢？"

"你有娃娃可以玩，你就在这里跟它们玩儿吧。"

"我能把玩具带到你房间吗？"

"不能，你会让我分心的。"

"你真坏。"

"是呀，我是很坏。"

"我会告诉妈妈的。"

"你妈妈已经知道了。"

"我会告诉爸爸的。"

"你想告诉谁都可以。"

"我爸爸会打你一拳。"

"你爸爸，假如我对他'噗'一下，他会吓得尿裤子。"

"你再重新说一遍。"

"噗！"

"不是这句，你说的另一句。"

"他会吓得尿裤子。"

他笑了。

"再说一遍。"

"他会吓得尿裤子。"

他笑了很长时间，笑得很尽兴。我先是在地板上坐了起来，然后靠着床边，想站起来。我现在身上的汗变得很冷，胸口和背上全湿透了，我感觉很冷。我把阳台门关上了。

"再来一次吧，外公。"马里奥仰着头看着我，对我说。

"什么？"

"他会吓得尿裤子。"

"不能说脏话。"

"刚才是你说的。"

"是我说的吗？"

他又大声笑了起来，说："是呀，是呀，是你说的。"

他张大的嘴巴流露出来的快乐，又小又尖的牙齿，让我觉得很不舒服。我妒忌他脸上肆无忌惮的表情，还有他放肆的声音。我以前有没有这样笑过？我一点印象也没有了。他的笑无足轻重，但也很重要，他的笑里迸发出一种力量。一句关于他父亲的很粗俗的话让他大笑起来，我觉得，他的笑声里没有一丝不安。我在房间里走了一圈，漫不经心地看了看贴在墙上的画，都是他画的一些小人儿、绿色的草坪，还有一些无法辨识的动物。他问我："你喜欢我的画吗？"

"这些画太鲜艳了。"我说。我把萨莉整齐摆放在架子上的玩具一个个扔在了地上，我把一个装满玩具的箱子底朝天倒在地板上，让他目瞪口呆。这些东西前赴后继地落在地板上，就像在跳舞一样。我摆了摆手，对他说："你好好玩吧。"

他惊异地盯着我，脸红了。

"我一个人不好玩。"他生气地说。

"我就愿意一个人玩儿，你尽量不要打扰我。"

四

我觉得一点都不好玩，和小孩子玩不仅让我筋疲力尽，也分散了我的注意力，让我没心力把急迫想要画下来的图像画在纸上。我能隐约看到这些图像，感觉能捕获它们，同时这些画面也失去了原本的神秘感，那些画面潜伏在那里，就像生病的小动物，可能在盲目等待治愈，也可能默默等死。我想要抓住它们，用一些迅捷有效的线条，把它们从虚空之中拽出来、画出来，就像马里奥指出的那个图画，但我越来越懒散，不想动手。我懒洋洋地画了几笔，希望能重新找到感觉。

我感觉我的想象力很模糊，就像蒙了一层纱。我年老的身体也好像很遥远，过往的青春有时会忽然跳跃出来，又很快消失，在我内心留下一阵幽怨的叹息。我想，那也是过去的我。虽然他们很危险，充满敌意，但那些幽灵可能会对我有用。我随意画在那页画纸角上的幽灵，是所有幽灵的前锋。他手上真的握着一把尖刀，他不但带着刀，而且充满了砍人的冲动。我渴望把那把尖刀插入冒犯了我的路人的身体里，切断我父亲的喉咙，刺入美娜的铁石心肠里，因为她无情地离开了我，我想把刀刺向夺走美娜的那个男孩子的胸口。从十二岁到十六岁之间，我一直在寻找这样的机会，我一直想找一个打架斗殴、流血的机会，这种渴望让我脑壳疼。假如我用了那把刀，即使只用了一次，或者只是用来威胁别人，我就能适应拉韦里奥、卡尔米拉和杜凯斯卡城区。这并不是成长过程中身体失衡催生的想象。那个时期，我胡思乱想，想成为艺术家，尽管在我的家里，大家都不知道什么是艺术。我父亲不知道，我祖父也不知道，我的祖先都不知道。对我来说，比较现实的就是走上歪门邪道，蹲监狱，随时准备杀人放火，成为一个"克莫拉"黑社会分子，一步一步融入我生活的城区。我经常深夜还在外面徘徊，这些城区充斥着非法交易、妓女和皮条客。铅笔、水彩、颜料和水粉是什么？想都别想。我的爱好简直太不合时宜了，在整个青少年时期，我的双手注定要去做别的事。我父亲让我去汽车修理厂，这不是一个糟糕的主意。可怜的男人，他言传身教，给我上了一堂现实主义的课。我们家很多男人都是技工或是电工，就像我父亲一样，或者是车工，就像我爷爷一样。子承父业的话，我应该去做技工，这是自然而然的事，也是我的出路。我会把那些零件装上拆开，把螺丝拧下来、装上去，指甲里总是黑乎乎的，手上茧子很厚，手掌很宽很硬。或者在港口、蔬菜水果市场卸货；或者成为某个作坊的伙计、饭馆服务员，自己开一家小店；或者是在铁路上工作一辈子；又或者是不务正业，不负责任地混日子，脑子里一直想着女人，但不满足于任何一个女人，会把很多女人搞到手，安抚她们，利用她们，不听话时会打破她们的脸。啊！我真想成为这种男人，我小时候的玩伴有一个就过上了这种生活，这也符合我们成长的环境。我也可以选择抗拒女性的黑暗漩涡，滑向男性的身体，借口要羞辱他们，男人之间的行为方式要明确一些，你清楚他们的反应。或者说，肉体的冲动总是很混乱，欲望不是很明确，你还可以游离于男人和女人之间，从男人到女人，再从女人到男人，反正都是洞，没必要分那么清楚。在那些年，我做了巨大的努力，就是为了抗拒我的环境，避免滑向这些可能。所有这一切，在我童年就熟悉的粗俗方言里就已经表现得很清楚了：看我怎么弄死你，我要爆你的屁眼……在我的身体里，就好像潜伏着各种人性，有的很暴戾，有的很可怜。有时候，我表面上唯唯诺诺，遵守社会上的规矩，其实内心却非常抵触。当这种心态占了上风时，我脸上会浮现一个满不在乎的表情，会表现得很顺从，但很犯贱。我有自己的方法：我不说话是为了避免冲突，为了不冒犯别人；我说话也是为了获得认可，想讨人喜爱，拍马屁，成为所有人的朋友。我谁也不得罪，我是所有人的朋友，当然也就没有朋友，我表现得很无辜，很容易相处，但同时我内心对任何人都很鄙夷。我是一个矛盾集合体。后来，我偶然拿起了画笔和颜料，体会到一种前所未有的乐趣。从那时起，我真正开始了一场漫长的斗争，我排挤身体里的其他"精神"，不再滋养它们。我内心一遍遍地响起这些话：你他妈以为自己是谁？你装什么蒜！你就是一根毛！不知道我用了多大的决心压制这些声音。可能一次小小的挫折，学校里考试不及格或是别人贬低我的爱好，那些犀利的玩笑和话语，都会一下击中我，我也可能会放弃。这些挫折可能会让我产生不自信、绝望和痛苦的情绪，可能会淹没那个我想成为的人：讲话文雅，情感细腻，充满责任感，与人为善，拥有正常的性生活，整个生命都投身于唯一的追求，绘制一个系列又一个系列的画作，大大小小的作品，不在乎其他事情。我最后终于做到了，我顽强地填补了一个又一个挫折带来的裂缝。我成了真实的存在，其他都是幽灵。现在，这些幽灵都聚集在这里，在我童年住过的房子客厅里。这套房子已经成了贝塔、萨维里奥和马里奥的房子。这些幽灵现在聚在一起，都说着方言，行为举止很粗俗。他们内心邪恶，欲望肆无忌惮，一件小事就能让他们爆发。他们不会原谅我，因为我选择了一条最不可能的路，我一直在捍卫我的选择，寸步不让。我把其他可能都驱赶走了，但我却无法杜绝过去，只有死亡能让我彻底摆脱。如果我活着，不管我愿不愿意，他们总是会有一线生机。尽管他们很虚弱，从来都没有机会浮出水面，像那个手握尖刀的男孩。作为一个有教养的人，我闭上眼睛，用一只手就推开了那种可能。我那只手的动作，是经过多年训练的结果。我已经学会了淡化每一种情感，几乎不会做出任何反应。我感受不到爱，也感受不到痛，缺乏任何发自肺腑的激动反应，我觉得这是出于理解。比如说，在阿达死去多年之后，我翻阅她的日记。她说因为我的缘故，她走上了一条背叛的道路，她想在我之外找到存在感。很长时间，我都睁着眼睛做梦，我觉得她还活着，我为这事儿暴打她，我想杀死她。但每一次，我的教养都告诉我：不能这样做。我制止了自己的粗暴行为，我好像明白了她的理由，我不再做梦，我继续爱着她的灵魂，就像爱着生前的她。我想，也许我可以利用这些幽灵为詹姆斯绘制插图。现在让我去看看那个小鬼在做什么。

我勉强打起精神，回到了现实的客厅之中，午后的阳光正在散去。我正要从椅子上站起来，这时响起了一阵急促的门铃声。我的一条腿有些发麻，简直有些站不稳。门铃又响起了，比刚才还要急促，可我的腿还没有恢复知觉，我喊了一句："马里奥，你能去开一下门吗？马里奥！拜托了！"

唯一的回应是第三声歇斯底里的门铃声。我一瘸一拐穿过客厅，打开了门，出现在我眼前的是一个身材壮硕的黑头发女人，她的头发明显是染的，有些发蓝，一张大脸上镶嵌着一双小眼睛。她脸色苍白，非常烦躁，她没有关上电梯门，不知道为什么，她手里拉着马里奥。

我好大一会儿都缓不过神来。孩子在楼梯间干什么？而且还和一个陌生人在一起？那个女人看起来也很困惑，她没有料到一个陌生老头会给她开门，而且是一个头发凌乱、衣衫不整的老头。刚开始是一阵紊乱的交谈，我用粗暴的语气质问马里奥为什么在屋外面；那个女人用一种咄咄逼人的语气问，卡尤里太太也就是贝塔在不在家。我回答说："她不在家，您是谁啊？"那女人抬高了嗓门问我："您是谁啊？"我有些愚蠢地说，我是这孩子的外公，卡尤里太太的父亲。一来二去，我们搞清了状况，一切按照我童年时熟悉的那不勒斯模式往下发展。

"是您让孩子带着玩具下来玩的吗？"

"不是。"

"那是谁呢？"

"是他自己下去的。"

"自己下去的？您没有发现他把门打开，下到一楼，来敲我们家的门？"

"没有。"

"没有，啊？您的做法和您闺女一模一样，她要忙自己的事情，就会跟孩子说，带上玩具去一楼玩儿吧，事后又会生我的气，因为你们家小少爷学会了说脏话。"

87

"太太，我向您保证，我绝对没让孩子下楼去打搅您，是我不注意，我请求您原谅。"

"不管您是不是没注意，假如孩子在楼梯上摔倒了，摔破了头，您女儿一定又会怪到我儿子头上！"

"我很抱歉，以后不会发生这样的事儿了。"

"还有，你们家女佣从楼上往下倒脏水，把我晾在外面的衣服弄脏了，这事儿也不要再发生了。她总是隔一天就往下泼脏水。"

"我会告诉贝塔的，她会注意的。"

"谢谢。您还要告诉她，不要再说我儿子偷玩具。假如我儿子会偷玩具，那最好大家看好自己的孩子，让孩子在各自家里玩儿。不是因为您女儿做老师，我就成了免费保姆。我有四个孩子，有好多事儿要忙，没有时间可以浪费。您知道吗，我告诉您，如果孩子继续往楼下放桶，我会用剪刀把绳子剪断，把桶扔掉。"

"您是应该这么做。马里奥带下去的玩具呢？"

"您想说是我儿子把那些玩具偷走了吗？"

"不是，怎么能说是偷呢，都是孩子。我就想知道玩具在哪儿。"

"好吧，如果您想知道，那我们就这样吧：我丈夫回来后，我让他把玩具送上来。这样您就可以当着他的面，说我们的儿子偷东西。去吧，马里奥，去找你外公！你们都是一帮子烂人，祖宗八代，爷爷孙子都是烂人，再见！"

她很粗暴地把孩子推向我，很快钻进了等着她的电梯，用力关上了电梯的铁门，在电梯的隆隆声中消失了。

我把马里奥拉回家里，把门关上了。孩子气呼呼地说："我要我的玩具，我要玩我的玩具！"

我弯下身子，拉住了他的一只胳膊说："你怎么敢一个人出去呢？如果我说你要待在自己的房间里，那你应该待在自己的房间里。从这时候开始——从现在开始，马里奥，你要看着我——你要么听我的话，要么我会把你关到小黑屋里。"

孩子没低头，他的眼睛盯着我，跳着挣脱了我的手说："你要小心我把你关在小黑屋里！"

他一下子爆发出来了，好像那句威胁用尽了他所有的力气，他忽然间哭了起来。

我把他惹哭了，我心里也很难过，马上想挽回。我试着安慰他，我说："你不要哭了，要不然我也要哭了。"我说："我现在去小黑屋，把自己关起来。"没有用，刚开始他是真哭，后来是出于惯性哭，就这样持续了二十分钟，他一边哭一边吸鼻涕。我要给他擦鼻涕，他总会推开我的手。他还一边抽泣，一边说："等爸爸回来了，我要告诉他。"

五

尽管我允许他开煤气，加热萨莉给我们准备的晚餐，他摆放餐具时在自己面前摆了一把很锋利的餐刀，我也没有说他，但我们的关系并没有改善。

"餐刀你可以拿着，但肉要我来切。"

"不，我要自己切。"

"我知道你会切，但外公在这里，你要让外公来切。"

"你不是我外公。"

"不是？那谁是我外孙呢？"

"没人！"

假如马里奥不想和我重归于好，我也不想跟他和好，因为我们俩关系越好、越处得来，他就越是不让我安生。但我很担心，距离贝塔打电话的时间越来越近了，我不希望孩子让她操心，丈夫吃醋的事儿已经够让她心烦的了。就这样，我们洗午饭和晚饭的盘子时——马里奥尽管板着脸，但还自认为是我的助手，会把洗碗用的所有东西递给我：洗洁精、抹布、钢丝球，他跑前跑后，好像是在做生死攸关的事儿——我用手把水弹到他脸上，每次都说："开个玩笑。"他僵持了一阵子，低着头，情绪很抵触。

"玩笑！"

"别这样，外公。"

"玩笑！"

"我说过了，别这样。"

"玩笑！"

他假装抱怨，但很难抑制脸上的微笑。

"你把肥皂水弄到我眼睛里了!"

"让我看看。"

"很疼。"

"没事儿的!"

最后,他用眼睛瞄着我,想知道我是不是真的想玩儿。当他确信我在和他开玩笑,就向我也滋了一点水,说:"玩笑!"就这样,我们开着玩笑,相互滋水,他后来失去了平衡,差点儿从凳子上掉下去,还好我及时抓住了他。我们祖孙俩的关系缓和了,洗完碗我们一起去客厅看电视。

"外公,我们看什么?"

"我们一会儿决定。"

"我们能看动物片吗?"

"是动画片。"

他很难接受那是"动画片"而不是"动物片"。他说片子里有鹅、鸭子、兔子、老鼠、臭鼬,还有很多会出现在片子里的动物,想证明他说的就是"动物片"。他开始和我讨论什么是动物,什么是动画和动画片。我说,动画就是那些会动的画,这些画会说话,有灵魂。他想知道什么是灵魂。是一口气,我说,让我们可以活动、奔跑、说话、画画和开玩笑。他坚持说"动物片"也一样。但渐渐地,他好像开始相信我说的。他问我:"动画有呼吸吗?"

"没有,那些画画的人会给他们生命和呼吸。"

"你画的画不会动。"

"我画的不是动画。"

"你为什么不让你的画动起来？"

"有机会，我会画的。"

"他们可能不会让老人画动画，因为那是小孩子喜欢的东西。"

"他们可能会让我画。"

"他们让你画，是不是因为你很出名啊？"

"你知道什么是出名吗？"

"妈妈跟我说过：就是你不认识的人也认识你。"

"是的，你说得对，就是这个意思。"

"我告诉我老师，你很有名。"

"她说什么？"

"她问我你叫什么名字。"

"你知道吗？"

"我问了妈妈，然后我告诉她了。"

"我们听一下你是不是真的知道，外公叫什么名字？"

"丹尼尔·马拉里科。"

"真棒！老师怎么回答的？"

"她说，她从来都没听过这个名字。"

我明白这让他很失望，我跟他解释说，名气有不同等级，我的名气不够大，所以老师没听说过。我在说这些时，感觉自己也有些失望，为了避免这影响我们俩的心情，我提议我们一起看电视。但要找到电视遥控器，真是一个艰难的过程。我把电视遥控器藏了起来，我忘了藏在哪里了。我很烦躁地在家里走来走去，孩子跟在我屁股后面。我打开了每个房间的灯，我尽量集中精神，在桌子、写字台和书架上找。对我来说，集中注意力简直太艰难了，每次我找东西时都会分心，会想到别的事情。当我查看完一个房间出去，马里奥总是在我身后关上灯。我们在家里转了两三圈，但后来是他，而不是我找到了遥控器：遥控器在客厅里，在我的画册下面。他一把拿过了遥控器，根本就不松手。他说："是我找到的，要让我来开电视。"我回答说："你只能打开。"他大喊着说："我还要换台。"他说这些时嘴噘着，目光很抵触。我正要从他手中夺过遥控器说："别闹了，你要么听话，要么就去睡觉。"这时候电话响了。"好吧，"我马上做出让步说："你拿着吧。"无线电话在厨房，我去厨房接电话，他跟在我屁股后面，还一直在摆弄着遥控器。

是贝塔打来的电话，她的语气听起来很仓促，背景噪音持续不断，好像是刀叉的声音。有人叫她，她用一种佯装愉快的声音回答说："我马上来。"她问我："你怎么不接手机？"

"我手机静音了。"

"你们都还好吧？"

"是的，非常好。"

"马里奥吃饭了吗？"

93

"吃得比我还多。你那里情况怎么样？"

"很好。"

"你的发言呢？"

"很好。"

"和萨维里奥怎么样了？"

"他简直让我没法活，他刚才还和我吵了一架。"

"让他滚蛋吧。"

"爸爸，你说什么？"

"对不起。"

"孩子听见你刚才说的话了吗？"

"没有，他正忙着拆遥控器呢。"

"让他接电话。"

"马里奥，你要和妈妈讲电话吗？"

我希望马里奥拒绝，但他把遥控器电池放在地板上，马上跑到了电话跟前。我听见他说："不，是的，早点回来，我爱你。"通话快要结束时，我听见他说："我哭了。"他妈妈应该详细地交代了什么事情，我看他一言不发在那里听。他小声嘀咕了一句："晚安，妈妈。"他亲了电话十几次，最后终于亲完了，他说："晚安，我爱你，妈妈，我也爱爸爸。"

他把电话递给我。我忍不住说："你没有必要告诉你妈妈，你哭了。"

"我只说了这句。"

"除了这句，还有什么要说的？"

"我自己知道。"

"也就是说？"

"你把我的胳膊弄疼了。"

"你说什么呀，我只是轻轻拉了一下你的胳膊。"

"你把我拽得很疼。我们看电视吧？"

"你妈妈不让你看电视。"

"我们不告诉她。"

"但你哭了的事情，你却告诉她了。"

"对不起。看电视的事情，我不会告诉她的。"

"如果你不把电池装进去，我们没法看电视，我不会装电池。"

他很快就把电池装好了，他跑到客厅里，把电视打开了，坐在了单人沙发上。他说那是他的沙发，但那其实是我母亲以前用的老沙发，很舒服。我坐在了长沙发上了，一点儿也不舒服。我们一起看电视，也一点儿都不安宁，我们争吵了很长时间，而且越来越生气，不是因为抢一个遥控器，而是因为抢三个遥控器。他准确地按了一系列数字，找到了那个播动画片的频道，他还会放 DVD，熟练到让我有些烦了，再加上他一点都不信守诺言。我后来对他说，你看五分钟动画片，外公要看一会儿外公爱看的东西。他表示同意，但我发现，对他来说，五分钟意味着一直看下去，我只能在动画片面前打瞌睡。后来，我想起那天晚上我一个朋友要参加一个脱口秀节目，他要在节目上介绍他写的一本书，封面采用了我画的一幅画。我从孩子手中拿过了遥控器，说了一句："五分钟到了，你要不愿意的话，我会把电视关了，大家都别看。"他没有抗议，只是闷闷不乐、歪歪斜斜地躺在沙发上。我对他的不高兴视而不见，我开始调台，想找到我朋友参加的那个节目。我最后终于找对台了，也看到了我的朋友，我隐约看见他在宾客的中间。这时候，马里奥盯着电视屏幕一言不发。我看到我的朋友之后对他说："我只想听听这位先生说什么，等下你就可以看动画片了，好吗？"

他不吭声。

我在沙发上调整了一个舒服的姿势，把遥控器放在了我身边。主持人开始说那本书时，书的封面出现在电视屏幕上。我说：

"你看，那是我做的。"

他嘀咕了一句："那本书吗？"

"封面上的画。明天你可以告诉你老师。"

他马上大声说："我一点儿也不喜欢。"

"马里奥，你什么都不喜欢。"

"但黄色很漂亮。"

黄色？我不记得我用过黄色，我刚才也没有来得及看清楚：那张封面消失了，主持人让我的朋友发言。马里奥还想补充什么，我对他说："别说话，你现在听听。"

我的朋友开始说话，但马里奥没听我的话，他离开了那张单人沙发，坐到了我旁边，不知道他说了一句什么。我没有回答，或者至少我自己这么认为，我想听听这位朋友是不是会提到我。他比我小三十多岁，已经是一位成功人士了，他对自己的作品非常自信，他在那里谈论那本书，好像那是世界上最重要的东西。我从来都没有这种自我标榜的能力。我一辈子都很努力工作，但我从来都不好意思强调自己的工作，我只希望别人会提到我，赞赏我。但我的朋友在谈到那本书时，就好像那是一个划时代的作品，能改变传统。他侃侃而谈，一点儿也不尴尬，主持人在点头，在场的人也都听得津津有味。我很期望电视台能够重新展示一下那本书的封面，我希望他能提到我的名字——丹尼尔·马拉里科，让马里奥听到，让他能感叹一句：他们谈到你啦！但忽然间电视上出现了五颜六色的动画片，冒出来很多会武功的动物。

　　我马上转过身去，生气地说："谁让你拿遥控器了？谁让你换台了？"

　　马里奥有些害怕，他回答说："我问你了，外公，你答应了的。"

　　我气愤地伸出手，他马上把遥控器交给了我。我一边嘟囔，一边找刚才那个台，但我不记得是哪个台了。

　　"你要摁数字。"孩子不安地说。

　　"闭嘴！"

我一个台一个台往前找，最后终于找到了那个台，但我的朋友已经不见了。我把遥控器丢在沙发上，用一种假装平静的语气说："你现在马上去睡觉。"

　　但他听到我的话一点反应也没有。我离开了那个房间，在房子里转悠，把灯打开，我听见自己在用方言自言自语，说了一些前言不搭后语的话。我已经虚弱不堪了，同时也很不高兴，就像一辈子所有的不幸都向我涌来，那一刻全部出现在这套房子里。我去了孩子的房间，我的东西都在房间里，我被脚下的东西绊住了两三次，那是地板上的玩具，我一脚踢开了其中一个玩具。我在找我的烟，但我意识到，假如贝塔回家闻到烟味，肯定会找我碴儿，我去了阳台上。

　　一到阳台上，马上就听到了路上的喧嚣，还有阵阵冷风。我小心翼翼向外走了一两步，开始吞云吐雾，忍不住咳嗽起来了。尽管天气很晴朗，那晚却没有星星，来往的汽车、火车站、高音喇叭和火车都看起来很明亮，很多车灯、路灯、明亮的橱窗，像一种五颜六色的声音。尽管天气很冷，我还是把烟抽得只剩下烟屁股。我在栏杆上掐灭了烟，把烟头扔向楼下，进了房间。

　　整个房子回荡着脱口秀节目的声音，马里奥没把电视调到动画片上。我进入客厅，发现他在沙发上睡着了。他睡得很沉，我轻吻了一下他的额头，发现他头上全是汗。

六

孩子睡得很沉，我抱着他经过黑暗的走廊时，内心感到极度沮丧。我把他放在床上，没有开灯，也没给他脱衣服，只是把他的鞋子脱掉了。把他放在床上之后，我感觉身上仅有的一点热气也被带走了。

我匆忙在黑乎乎的房子里巡视了一圈——我应该学会和幽灵相处——客厅里的电视还开着，那里还留着一盏灯，电视上的人还在说话。我坐在马里奥刚才坐过的沙发上，想集中注意力看电视，但我很累，没心思看，就把电视关了。我感觉很冷，就检查了一下客厅里的暖气片是不是还开着，暖气有些烫手。可能冷风是从其他房间吹进来的，但我又不想去查看，我现在还不熟悉开关的位置。马里奥很快就发现了我的慵懒和笨拙，我一想到这个孩子，一种惊异和抵触就涌上心头。是的，他和他爸爸简直一模一样，他们家祖祖辈辈都是文化人，爱卖弄学问，很精确。他一点儿也不像我女儿，也不像我，不但样子不像，行为方式也不像。这个孩子由特殊材料构成，他的染色体有不同的来源，他的秘密分子里携带着我所不了解的信息，可能几千年以来都和我相抵触。我带着一种让人忧伤的戏谑想，可能我的幽灵很厌烦这个具有另一种基因组合的孩子。我的那些幽灵很气愤，因为我从少年时期就把他们驱逐出去了，这让我变得虚弱。他们说，你想变成一个精致的少爷，看看你现在变成什么鬼样子了。

　　我努力想把脑子里的这些想法驱逐出去，我从沙发上挣扎着起来，我打起精神，在房子里又走了一圈，但这一次我打开了所有灯。在童年的阴影里，我从黑暗或幽暗的地方走过，我会看到我那些已故亲戚的影子，有的我见过，有的我只看到过照片，他们是在战争年代死去的，这一点我可以肯定。他们通常会站在家中的角落里，藏在门后或者衣柜后。假如我发现了他们，他们会示意我不要吱声，他们会对我使眼色，默默笑起来，不发出声音。后来，那个阶段过去了，现在我脑子里的死者要比之前更多了——有不少熟人和朋友都得了恶疾死去——我的不安加剧了不知多少倍。有时候在米兰，我半夜醒来会感觉家里有小偷和杀手，我睡意全无，在房间里走来走去，我看到墙上的光影晃动，那是院子里树冠的影子，我都会感到心惊肉跳、杯弓蛇影。我到底在担心什么呢？我想，我不应该感到焦虑，我应该忧伤才对：我大半辈子都已经过去了，现在已经到了生命的尽头，到时候马里奥可能会在这座房子的门后或黑暗的角落里看到我。情感的短路很容易让脑子瘫痪。这个孩子并不怕黑，可能在相处了这段时间之后，他会害怕我在黑暗中浮现。

　　我很困，一点儿也不想工作。我确信没有因为贫穷而出来偷盗的人，也没有杀人放火的"克莫拉"黑社会分子，我是家中唯一转悠的幽灵。我关上煤气，把门从里面反锁了两道，又放下了防盗杆。我明天还要看一天孩子，我心里想，开防盗杆的把手很高，即使马里奥无所不能，但他站到椅子上也够不着，也没办法打开门下到一楼，去找他的那个假朋友。我又在房子里走了一遍，关上了刚才打开的灯。当我最后终于来到了房间，小心翼翼躲过脚下的玩具时，我想我可以放心了，那些幽灵都在以前的老房子里。在半睡半醒之间，我感觉到那个老房子就像大画框一样，围绕在现在我和马里奥待的房子周围。我能看见那些幽灵，我很快会把他们画下来，但我会在一个安全的地方把他们画下来，以前的老房子和现在我待的这套房子很难重合在一起。我打开灯，老房子里的幽灵会消失在黑暗中，当我像现在一样，熄灭房间里最后一盏灯，把被子拉过头顶，以前那个房子的房间忽然间会灯火通明，所有人，还有所有那些我排斥的东西，都会出现在我面前，就像有待加工的材料。按照以前人们的想象，这些材料很快变成活生生的、不知餍足的泥潭。

七

第二天是最艰难的一天，早上五点，我已经起床了。我看了一眼马里奥的床，他和昨天我放下他时一样，穿着衣服，捂在被子下面，出了一身汗。暖气早上还没开，我担心掀开被子他会着凉，只掀开了盖在他脚上的被子，他穿着袜子；我还掀开了肩膀那里的被子，他身上还穿着毛衣。今天晚上——我暗自下定决心——我要在看电视之前强迫他穿上睡衣。我来到客厅里，开始画我构思好的双重房子——过去的房子和现在的房子，一个笼罩着另一个，感觉比较满意。总的来说，如果我能完成詹姆斯这项工作就好了，这是当务之急，我希望找到了一个理想的解决方案：从我童年的房子和我的幽灵中汲取灵感。我想，我对十九世纪的美国真是一无所知，我会运用那不勒斯的影像进行构思。在以前的房子和现在的房子之间，在透明的隔热层里，我会放很多孩子，这些孩子紧密相连，就像成长于贫穷之中的暹罗兄弟一样，他们没什么特别之处，他们不会把面孔藏在暗处或用手遮挡起来，没有这个必要。他们残缺的身体在挣扎，他们没有嘴，没有眼睛，他们挥舞着残疾的手臂，相互撕裂，因为他们迫切需要长大、伸长和成型。

我按照这个思路开始画，在草稿里，我用了很多不寻常的色彩，很锐利、刺眼。我想到了马里奥：我所做的并没让他产生兴趣，从我们这次见面开始，他对我的绘画都没表现出任何热情。他看到那两本童话书里的插画，只是撇撇嘴；看见电视上我画的封面，他说那很丑。但他只有四岁，我确信他只是在模仿萨维里奥或贝塔的说法。只有最后对于黄色的赞美是他的想法，我觉得那是真的，是他情不自禁说出来的话。后来我听见他在屋子里走动，先是去了洗手间，又去了厨房。我把我的画润色了一下，然后我去看他在做什么。

　　我看见马里奥在厨房里，他站在一张椅子上。他打开了煤气，在火上放了给我泡茶的开水，还有他的牛奶。我不想一天刚开始就批评他，我问他："你睡得好吗？"

　　"很好，你呢？"

　　"我也很好。"

　　"穿着衣服睡觉真是太方便了，你看我已经准备好了。"

　　"但你还是要洗脸刷牙，换上干净的衣服。"

　　"你已经洗漱过了吗？"

　　"没有。"

　　"你尿尿了吗？"

　　"是的，你呢？"

　　"我也尿了。"

　　"关上煤气。"

　　他关上了煤气，然后小心翼翼地问："我今天可以不洗漱吗？"

　　我把热牛奶倒在碗里，在茶壶里放上了茶叶包。

　　"可以。"

　　"妈妈回来时我再洗漱。"

　　"好吧。"

　　"我要一直穿着衣服睡觉。"

　　"这可不行。"

他一下子变得很难过，但后来情绪逐渐又好起来了，很顺利地把早餐吃完了。我说，我要一个人去洗手间沐浴，但我很难说服他一个人待着。

"沐浴是什么啊？"

"就是洗澡。"

"你洗澡时，我做什么呀？"

"你想做什么都可以。"

他想了想，看起来有些沮丧。

"我能不能也洗洗澡呀？"

我让他去找了换洗的干净衣服，我打开了热水。他还是用那种小大人的语气，慎重地提醒我："吃完饭马上洗澡会死的。"但他看到我根本不考虑挽救他的生命，就在淋浴房里蹦蹦跳跳起来，他旋转，用嘴喷水，尖叫着：太烫了！洗完澡，我给他擦干身子，让他穿上衣服，把他推到了门外说："现在轮到我了。"他问："我能留下来吗？"我说不行。有几分钟我听见他在走廊里一边跳，一边唱。忽然间，我听见他在拉门把手，用脚踢门，一边踢一边大喊："外公，我从锁眼里看到你了！"或者喊："让我进去，我要尿尿，我要拉屎！"我对他喊了一句："闭嘴，你要乖乖的！"他马上就停了下来。我匆匆忙忙擦干身子，穿上衣服，打开了门。

"我刚才乖乖的，没有闹。"他说。

"幸好你及时打住。"

"什么时候我的鸡鸡才能长成你那样？"

"你真的从锁眼里看我了？"

"真的。"

"到时候，你的鸡鸡会长得比我的还好。"

"什么时候？"

"很快。"

这时候门铃响了，我们俩面面相觑，还不到八点，会是谁呢？他建议说："你把那把切肉的大刀放在一进门那里的家具上。"

"为什么呢？你爸爸是不是每次开门都会拿着刀？"

"不是的，爸爸不在时，妈妈去开门会放一把刀在那里。"

"我们这些男子汉很勇敢，不需要刀。"

"我很害怕。"

"没什么可怕的。"

我过去开门，门口出现了一个五十多岁的男人，中等身材，很瘦，脸上布满了皱纹，头发很稀疏。我看见他手上拿着玩具——一辆很大的卡车、一把塑料剑。我推测他应该是一楼那个孩子的父亲。我做出很客气的样子，说："谢谢了，真不用那么麻烦，一点都不着急的。"

男人有些羞怯，用一种很为难的声音说："我妻子不让我安生。"

"唉，可以理解，女人都那样。"

"但卡尤里老师也太夸张了。"

"她做了什么？"

"她不明白，我儿子才六岁，他玩具没有马里奥那么多，有时候会把玩具藏起来玩几天。"

"那您就让孩子玩几天吧，马里奥很高兴他能玩几天，是不是，马里奥？"

孩子抱着我的一条腿，很夸张地点了点头，那男人说："我也知道，马里奥愿意让他玩，但卡尤里老师根本就不明白这一点。拜托了，请您告诉她，不要让孩子把放着玩具的桶放下来了，也不要让马里奥再来我家里了。我们家没有小偷，那些花很多钱去买玩具的人才是小偷。"

"您这话说得有点夸张了，我女儿在上班，她没有不劳而获。"

"我也在工作，但您女儿说我们偷东西，她不应该这么说。再见，马里奥，我很遗憾，我们还是很喜欢你的。"

他把玩具递过来，孩子接过了玩具，那辆卡车掉在了地上。我对那个男人说："您进来喝杯咖啡吧。"

"您的好意我心领了，谢谢，再见。"

他走楼梯下去了，没坐电梯。很明显，他自己也不愿意上来，那是他老婆交给他的任务。我觉得他是个好男人，我很愿意跟他聊一聊，聊聊我小时候这座城市是什么样子的，聊聊在我年轻时，我离开那不勒斯之前的样子。那时候，无论好坏，这个城市的善恶都体现在你生活的环境里，但现在一切好像都渗透在城市的深处，写在人们的肉里。那时已经八点了，我有很多工作要做，但我感觉我需要和一个成年人聊一聊，我很厌烦总是跟小孩子待在一起。马里奥把地上的卡车捡了起来，对他喊了一句："我要用桶放下去给阿提利奥玩。"

"你什么都别放下去！"我说，"你把玩具都拿到房间里去，在你房间里玩吧。今天我不想被打扰。"

八

我不知道费了多大的力气，才把那些天画的草稿整理出来，我最后画了十张说得过去的插画。当然了，我画得很卖力，就好像我眼前真的呈现出老房子的样子：一切都栩栩如生，每个细节都很清楚，房子里住着一些胆小怕事或很霸道的人，一些年轻的身体在透明墙壁的压力下变形，把现在的我和之前被抹杀的"我"分开了。那些幽灵扭曲着身体，跳跃着，在地上爬行，他们相互殴打，残杀，为了把这些画出来——一张一张画出来——我用了所有的经验。但我不能彻底投入到绘画，我总是担心自己会忘记马里奥，他在走廊尽头那里玩儿，尤其是，我担心我会忘记自己。虽然这样，我的乐趣也没有占上风，我还是觉得很辛苦。我只是竭尽所能地去画，当我停下来时，我意识到，我那么卖命工作，也只是想告诉自己：现在我画出来了，我是按照自己的想法画的，但我觉得编辑绝对不可能满意。

　　我很累，我盯着眼前的一幅画，那是挂在墙上的一幅很大的画。我是什么时候画它的呢？大约二十多年前。那个时期我春风得意，得到了各个方面认可，成功让我觉得自己很强大，成功赋予了我新能量，我觉得一切都很容易，这让我取得了更大的成功。我眼前看到的画就是我在那个时期画的，在一张宽两米、高一米的木板上，上面只有红色和蓝色的色块。在这张木板上，我挖了个小窝儿，在里面放了一个金属铃铛。我离开桌子，站在一个角上。我一直都喜欢在灯光下工作，我还没拉起遮光板，吊灯光均匀地洒下来，照亮了铃铛的边，产生了一个发亮的拱形，落在红色和蓝色上面。

　　有那么一刹那，我觉得这是一个很好的构思。但很快，我这种欣慰也带着忧伤的味道。我怀疑，这到底是不是一件值得收藏的作品，或者这只能证明在那段时间里，我的身体充满了能量，非常自信？我看到了这幅画上的各种缺陷和毛病。我逐渐觉得，不仅仅是我老了，那件作品也老了。现在在我看来，那幅画是一张画得乱七八糟的木板：我用金粉在木板边上画的那个四方形金边是怎么回事儿？在这个彩色画板上挖一个洞，在里面放一个真实的物体，这是什么意思？我痛苦地想到，时尚总会过去，追随它的人会留下一道很容易抹去的痕迹。我起来去开遮光板。又是乌云密布的一天，从窗户外照进来的光有些发白。我现

108

在又继续审视眼前的画，没有灯光带来的效果，这幅画看起来更糟糕了：红色看起来像坏死的组织，蓝色很像遭到污染的水塘，都很丑，没有任何意义，无论是挂在墙上那幅，还是我画的其他画。尽管我喜欢那些画，尽管那些画都取得了一定的成功，但它们都很暗淡。也许，我应该在那些幽灵中间加上一些画的影子。我一直以为自己画出了那些画，但现在仔细想想，我并没有做到。我身体里存在一个真实的核心，它会挣脱出来，给这个世界展示了一些前所未有的形状。但我——时代赋予我的个性，我学的所有课程，还有我学会的绘画语言，让我只能画出木板上的铃铛那样的画。马里奥画的小画儿要好得多，他父母自豪地把那些画儿挂在我的画旁边，还有他的房间里。我看了一眼画上的山丘、草地、巨大的花朵、难以描述的动物、长着大耳朵的人，都是用彩色粉笔随心所欲绘制的，都是小孩子的涂鸦，贝塔小时候也会画这些画，所有小孩子都会画。我很不开心，如果能从头开始，成为另一个人，让我做什么都可以。我需要空气，我想，我打开了窗户，我打开了长廊的门。最后我离开了客厅，去打开各个房间的门。

我打开了厨房门、贝塔书房的门，然后去了马里奥的房间：空气不流通会让我头痛，我不想病上加病。孩子一直都乖乖待在房间里玩玩具。我听见他和那些娃娃说话，他用嘴发出声音，作出命令，模仿电视里动画片中角色的

109

说话声音。我进到房间时，他正坐在地板上，一只手举着一只长着角的可怕怪物，另一只手举着一个超人。他看到我进来，手停顿了一下，看了我一眼，想搞清楚我进去是不是为了批评他，禁止他做某些事情。看我没理他，他就接着旁若无人地玩了起来。

我打开了阳台门，我不希望风会把门带上，把马里奥关在外面，就在门边放了一张凳子挡着。我把我们俩睡觉的床整理了一下，把脏衣服放在一个袋子里。但现在我不由自主地想看看墙上的画，我没有正眼看那些画，而是用眼睛偷偷瞄了几眼。我想，不管孩子小时候看起来多么前途无量，不知道要做出什么大事业，但孩子总会长大。马里奥才四岁，父母就一个劲儿夸奖孩子：看看这些图画，和客厅里、走廊里挂的一样，都是一些彩色小人儿。贝塔和萨维里奥真是什么都不会丢弃，他们觉得，孩子的每张涂鸦都闪烁着天才的光芒。我越来越不高兴了，我尽量想，这是身体的原因，我觉得这是我年老体衰的缘故，是没法抵抗的事儿。当然了，这也不是我第一次面对自信心的崩溃。但我在那里，我在那些画儿的面前，我觉得——怎么说呢——好像是一种全局性崩溃，好像有个人在摇晃着我，让我彻底明白这个现实。还好，这时候马里奥说了一句话。他停止玩耍，一只手里还拿着超人，另一只手里拿着那个怪物。他用握着怪物的手，指着墙上的画问我："那张画很暗，外公，你喜欢吗？"

"我都喜欢。"

"不是真的。你说我画得太亮了。"

"我是和你开玩笑的：你说我的画都太暗了，所以我才说你画得太亮了。"

"我当时没明白你是开玩笑的。"

"好吧，一个人不能什么都懂。"

"那我能不能变得和你一样厉害啊？"

"最好不要像我。"

"你看，我就说你不喜欢我的画儿。"

"我特别喜欢，那些都是儿童画，孩子画的画都很棒。"

"老师说我画得最好。"

"老师知道的事情很少，她经常会搞错。"

"不是这样。"他用手上的妖怪打我的腿，好像要进一步强调他的不赞同。

"啊呀！好痛。"我开玩笑说，用食指和中指在他肩膀上轻轻拍了一下。

他笑起来，看起来很高兴。他喊了一句："玩笑！"更有力地打了一下我的腿。他不停地叫喊："玩笑，玩笑，玩笑！"他每说一句，都用手上的怪物打我一下，下手越来越重。后来他开始喊："打死你，打死你！"我试着躲开他的进攻，因为他打得很疼。他开始打我挡着腿的手背，他手上那个怪物的角打在我手上，我感觉到一阵剧痛，我一下子抓住了他的手臂，说："够了，你把我打疼了。"

他用一种舒缓的语气说:"玩笑。"

"已经不是玩笑了,你看看你把我的手打伤了。"

我给他看了我手上的伤,他盯着那道出血的伤口,小声说了一句捍卫自己的话,"你一直都不跟我玩儿。"他克制住颤抖的下巴,又说了一句,"我亲一下伤口,会好得快。"

我没阻止他亲我手上的伤口,因为我不希望他又哭起来。现在我觉得左腿很痛,屁股也痛。

"还疼吗?"他问。

"不疼了,但你不要再这样了。你知道消毒水在哪里吗?"

他当然知道。我跟他来到洗手间,他把放双氧水的地方指给我看。

"你会不会打开瓶盖?"他问。

"我当然会打开。"

"我不会。"

"那也最好别跟我学。"

我把他赶出了洗手间,关上了门。我检查了一下腿和臀部,那里也有一些小小的伤口,我给伤口消了毒。我老了之后,任何小伤口都让我很害怕,我会想到伤口感染、败血症和住院。不是因为我害怕死亡,我想,那是因为我很怕生病,害怕打破日常习惯,或者是害怕死去之前会拖很久:我倒是希望能忽然死去,一下子就停止呼吸。

"你在外面吗？"

"是的。"

"你待在那里不要动。"

"好的。"

我能感到他的不安，因为他把我弄伤了，但我也太没有耐心了，我为此感到羞愧。我从洗手间出去之后，对他说："现在我们吃饭，吃完了我们一起工作吧。"

"我们要一起画画吗？"

"是的。"

"在同一个房间画画吗？"

"当然了，如果不是这样的话，怎么能算是一起工作呢？"

九

吃午饭时，我尽量表现得很亲切。孩子也小心翼翼，不想破坏我们马上要开始的合作。比如说，我摆餐具时，他不再对我指手画脚，而是让我想怎么摆就怎么摆。甚至我用微波炉解冻萨莉给我们做的饭时，他也没说什么。他只是坚持问一个问题，我们怎么一起工作——他的确是这么说的——我们会工作多长时间。我告诉他，我们会工作很长很长时间，一直到天黑；我说除了他自己的颜料，也可以用我的颜料，但不能用太多——因为他有些不自在地

113

问到了我这个问题。我明白，他非常在意我们之间的这场合作，当然要比把我当马骑或者玩梯子的游戏更让他着迷，我开始觉得，我简直是自找苦吃。我希望他很快厌烦，我现在神经衰弱，我担心我会发火，会忘记他只有四岁。

回到客厅之前，我们去房间拿了画纸和颜料。孩子想帮我一把，就好像我们要去一个充满危险的密林，他要当心我迷路。我意识到我没关阳台门，我正要去把门关上，他却叫住了我，让我帮他把画画的工具装在一个袋子里。我们终于来到客厅，他又拉住我的手，我明白他这么做的真正意图是保持我们之间的默契和谐。

我们到了房间，他保证说，椅子那样放就行了，不能更近。忽然间，他好像想起一件要紧的事，他说："我去拿坐垫。"我问他拿坐垫做什么，他急匆匆地向我展示，他那样坐着很不舒服，他屁股底下要有坐垫。他消失了，好久都没回来，我感觉很孤单，阴沉的天气、晦暗的灯光、腿和屁股上的小伤口，还有手上划伤的地方也隐隐作痛，都让我心情抑郁。当我正想起身看他在做什么，他抱着一个蓝色坐垫过来了。他妈妈觉得地板太凉，就把这个坐垫放在地板上让他坐。他把坐垫放在椅子上，然后爬了上去。他坐安稳了，就问我，他能不能用我的纸，他觉得我的纸比他的更合适。我允许他用，我在桌子底下伸长了双腿，肩膀靠在了椅背上。这时马里奥耐心地等着我给他分配工作，我仔细地查看着那几天我画的画。

我一张张地看，但我觉得越来越失望。我怀疑自己没有尽最大努力，我之前画的那十张画和我想象的不一样。我试着平静下来，我不想夸大自己的不满，孩子坐在我旁边，也看着这些画，我不由自主地问了他的想法。他就在我身边，是现在唯一可以对这些画表达看法的人。我问他喜不喜欢那些画。我不是用开玩笑的语气问的，而是用一种严肃的语气。那是一个说出真相的时机，我自己也觉得很惊讶。

听到我的要求，马里奥的脸变红了。他没有看画，反倒是看着我，他想明白游戏是不是已经开始了。我把我的画按照我要提交给编辑排版的顺序排列在一起，推到他面前，他盯着第一张画看，好像要用眼睛把它喝下去一样——这是我很喜欢的一个比喻：就好像人和东西都化开了，变成了液体，眼睛变成了嘴巴和喉咙，这个世界上切实存在的东西变成一碗汤，可以喝下去。马里奥说："这张你画得很亮，你看多黄啊。"

我很不安地看着他，然后看着那幅画，我意识到他说得对。我不由自主一改我根深蒂固的风格，用了很多黄色，或者说，马里奥把那种效果定义为黄色。我想获得他的认可吗？我有点儿想笑，孩子发现了这一点，他很严肃地问："我说错了吗？"

"你说得没错。"我让他放心，"你继续说吧，说说你的想法，外公很高兴听你说。"

但这时候电话响了。"真烦人。"我说。孩子也同意我的看法，他说："你不要去接电话了，是骗子打来的，爸爸总是会对这些人大喊大叫，说他不想被打扰。"电话又响了一次两次三次四次，我们俩都有些焦急地听着。我说："我去看一下。"马里奥对我说："你要大声嚷嚷，让他们害怕，这样他们就不敢再打扰我们了。"

　　我来到厨房，无线电话没在底座上，我把电话放在了洗碗池旁边的橱柜上。我接了电话，打电话的并不是那些无孔不入、通过电话兜售商品的人，而是贝塔。

　　"你不是说吃晚饭时才会打电话来吗？"我把电话放在耳边，在走廊里走来走去，一边走，一边和她说话。

　　"是呀，但今天晚上我没办法打电话给你。萨维里奥今晚七点要发言，之后我们有很多事儿。"

　　"你们俩之间好些了吗？"

　　"没有，怎么可能呢，只能越来越糟糕。他要发言，所以现在非常紧张，简直要发狂了。他说他在房间里准备稿子时，我去见了我朋友。他疑心太重了，几分钟前，他差点要当众扇我耳光了，简直是个混蛋。"

　　"扇耳光？"

　　"是的。"

　　"你告诉他，他如果敢对你动手，我会把他杀了。"

　　"你会杀他？"刚才她还在抱怨，现在忽然笑起来了，她说，"爸爸，你没事儿吧？"

"我很好，你就这么跟他说。"

现在她笑得更大声了，就像她小时候。

"好吧，"她一边笑，一边答应我，"我会告诉他的，我爸爸说：如果你扇我耳光的话，他会杀了你的。"

她没法平静下来，她觉得我的话简直太不可思议了，而且我说话的语气，好像真要那么干似的。我用一本正经的语气说："离开他吧。贝塔，你现在还年轻，你又漂亮又聪明，重新找个男人吧，找个更适合你的人，你可以跟他生个儿子，最好生个女儿。"

她还在笑，但已经是假笑了。

"你疯了吗？你和马里奥怎么样了？"

"他说你不应该打扰我们。"

"我很高兴你们处得好，你们在做什么呢？"

"我们在画画。"

"你看到了吧，他很乖的。"

"嗯，是的。"

"你跟他说我打过电话了，说我爱他，我们明天再联系。"

我回到了马里奥身边，尽管我觉得自己很蠢，但我真的很在乎他的看法。我讲完电话，回去发现那些画整整齐齐放在他右边。"怎么样？"我问。他什么也没说，他想知道是谁打了电话，是不是那些让他父亲很烦的骗子。当我告诉他，我和贝塔通话了，他很难过，抗议说我没叫他。

117

我说他妈妈很忙，但我很难让他平静下来，把他的注意力引向那些画。

"你不想再玩儿了吗？"我问。

"想玩儿。"

"那你说我的画怎么样？"

"很好。"

"你确信？"

"但这些画让我有些害怕。"

"这些画应该让人感到害怕，这是一个幽灵的故事。"

他有些犹豫地摇了摇头，又开始一张张看那些画，他在找其中一张。找到之后，他展示给我看，问我："坐在这里的人是谁？"

"这是故事的主人公。"

"他叫什么名字？"

"斯宾塞·布莱顿。"

"他就是那个幽灵吗？"

"玻璃后面的才是幽灵。"

"他们在哭吗？"

"他们在叫喊。"

"他们的嘴那里有一个洞，连牙齿也没有，你要把牙齿画出来。"

"没有牙也很好。你说说，黄色是怎么回事儿？"

他想了想，说："这里的黄色很难看。"

我忽然很烦躁，他指的地方没有黄色。这时候，他也是在玩儿吗？我觉得他在假装回答我的问题，这是我无法容忍的事。从另一个方面来说，我还能指望什么呢？我的期望没有任何意义。我让一个小屁孩评价我的作品，我想让他给我信心，因为我真的很需要信心，算了，算了。我简短地说："好吧，现在你画你的，我画我的。"他不喜欢这个安排，我们又吵了一会儿。他还以为我们要一起画，在同一张纸上画。我很难说服他，每个人应该画自己的画，不要搅扰别人。

　　"我画什么呢？"他很不高兴地问我。

　　"你想画什么就画什么。"

　　"我要和你画的一样。"

　　"好吧。"

　　"我要画一个幽灵。"

　　"好吧。"

　　"这样我们就是在一起工作。"

　　"好吧。"

　　假如他再妨碍我专心画画，我可能就要抬高嗓门了，但用不着。几秒钟之后，我就忘记他的存在了，他也没有做任何事情提醒我他在那里。我自然感觉到他在那里，这是一件好事儿，我不用为他操心。整个下午，我都会修改那些我不满意的地方，也许我可以完成这项任务。假如编辑对我的画不满意，那就算了，我会找到其他方式打发我的老年生活。我的人生已经过去了，我会做的、能做的都已经做了。我做得很多或很少，或者什么也没做，这有什么重要的呢？我所有时间都花在了自己的爱好上，当然享受到了很多乐趣，现在这些乐趣已经随着时光消失了。我的手越来越疲惫，之前我很享受，一直没觉察到这一点，但现在我麻木、冰冷的手指在提醒它们的存在，我的想象力越来越贫瘠，比自控能力消失得还快。我意识到，我不能再继续这样下去了，我推开了眼前的画纸。我又看了一眼我很久之前画的一张画——红蓝色块，上面有一个铃铛。我看向了马里奥。他趴在那张画纸上，嘴唇和鼻子简直要挨着那张画纸了。"你画完了吗？"我问，他没回答我。我又问了一遍，他看了我一眼，目光有些恍惚，他说，画完了，然后又问："外公，你画完了吗？"

这一次是我没回答他。他的脸从画纸上抬了起来，现在我可以看见他画的线条，他用的色彩。画纸上的图案和他平时画的那些挂在客厅里的房子、草地都不一样，和他房间里摆放的那排玩具也没共同之处。那些图案展示出一种极强的临摹能力，构图很和谐，色彩的应用也很神奇。他画的是我，这是一眼就能看出来的，是现在的我，今天的我。然而我散发着一种恐怖的气息，那真的是我的幽灵。

"你画过类似这样的画儿吗？"我问他。

"你不喜欢吗？"

"画得非常棒！你还有类似这样的作品吗？"

120

"没有了。"

"到底有没有？说实话。"

"我已经说了。"

我指了指挂在房间墙壁上的画，对他说："现在这幅要比那些好得多。"

"这不是真的，我老师、爸爸妈妈都很喜欢那些画。"

"那为什么你现在这样画了？"

"我是学着你的样子画的。"

我拿过那张纸，仔细看了看。我感受到一阵强烈的冲击，把我从世界的中心推向了边缘。我回忆起了另一阵非常强烈的冲击，那是我小时候感受到的。那时候，我还不知道自己的能力，当我第一次发现自己的天分时，我感觉到了惊异和震惊。但小时候我受到的那阵冲击，让我越来越坚信自己的独一无二——我当时的野心真的太大了——现在，马里奥的画对我的冲击一样大，简直要把我摧毁。我在上面做了一些小小的修正，孩子高兴地叫了起来："太好了，外公，这样看起来更好一些。"

"这样看起来更好一些。"——这句话传到我耳朵里时，我马上拿开铅笔，就好像我伤害的不是那张纸，而是马里奥。我的目光从那张画纸上移开了，就好像那上面的颜色和线条会让我中毒。我轻声说："是的，我们今天画得真不错。"

他的表情变得很严肃。他看着我几分钟前润色的那张画，用一种假装出来的高傲语气说："真的很不错，你的画很明亮。"

"我们签名吧。"

他有些迷茫，说："我签得不好，你能不能帮我一下？"

"我不能帮你，每个人按照自己的方式签。"

"如果我签错了，会把你的画毁了的。"

"你要签在我的画上吗？"

他假装震惊地说："我们一起画的。"

"好吧。我签你的，你签我的，怎么样？"

他大叫一声："好呀！"真的有些夸张，我把我的画递给他。他非常紧张，用一支红色的水彩笔，歪歪扭扭地用大写字母写了：马里奥。我正要用红色水彩笔签他画的那张画，他挡住了我，说：不要用红色，要用绿色。我用绿色水彩笔写了一个"外公"，他说得对，绿色更好一些，和其他颜色更配。但是，这时候一种羞辱从我脑海深处泛起，我觉得这是一种让我无法忍受的情感。我想宣泄一下，我叹息着说："现在游戏结束了，我们把这些画都撕掉吧。"我指着我画的那张画，就是他刚才签名的那张画。他用一种很不确信的目光看着我，好像很高兴，又好像有些担忧。我拿起了另一张画，把它撕成了碎片。

"玩笑吗？"他轻声问。

"玩笑。"

他尖叫了一声，声音很刺耳。他带着一种肆无忌惮的狂喜，开始撕碎我画的所有画，就像小孩子在做游戏时，摧毁了在大人耐心地帮助下搭建的东西。他把那些画撕碎，把碎片向空中抛去，一边尖叫，一边大笑。他要撕裂他画的那张画时，我拦住了他。

"干什么！"他抱怨说。

我把那张画抢下来，说："这张不要撕了。这张你要送给外公，外公会保留下来。"

但他觉得这个游戏太有趣了，他面带微笑，用挑衅的目光看着我，想把那张画抢过去。我推开他，他笑了。我根本就不了解这个孩子，他看起来很有教养，其实并不是。他又一次过来抢，我把他推开了。他因为拿不到那张画，就把铅笔、水彩笔、颜料，还有我的画册到处扔，每扔一样东西，都会高兴地叫喊一句："玩笑。"我想告诉他，游戏已经结束了，但没有用。我把他从椅子上，从他的垫子上拉下来，警告他说："在我们吵架之前，你最好把所有东西收拾一下，马上收拾。"

他忽然停了下来，从兴高采烈变得很沮丧。

"但你要帮我。"

"都是你的错，你要自己收拾。"

"是你让我把那些画儿撕碎的。"

"是的，但我没让你乱扔东西。"

"我们刚才在玩儿。"

"我不想和你争辩。"

"你真坏！"

"是的，我很坏，如果你没把我的东西整理好，我禁止你出这个房间。"

我到底怎么了？我很难控制自己，我的手掌已经张开，距离马里奥的脸蛋只有一厘米的距离，我威胁他时，随时都想给他一个耳光。我没打他，我摔门离开了客厅，用的力气很大，门框边上的一块石灰都掉了下来。

十

我去厨房找烟，在灶台的旁边找到了。我感觉刚才在客厅里发生了一件有决定意义的事情。为了把事情想清楚，我想自己安静一下。我放弃了抽烟，我想最好喝一杯安神茶。我打开了橱柜和抽屉，在里面胡乱翻找，我不知道家里有没有安神茶，也不想问那个正在赌气的小屁孩。我的天！他刚才到底做了什么，他坐在我身边，距离我一步之遥，他做了什么。我需要找个地方好好反思一下。

我来到了洗手间，艰难地撒了一泡尿，然后出去了。我感觉空气很冷，我不记得我是不是关上了马里奥房间的窗户。我感觉好像没有，孩子当时打了个岔。我过去查看，发现阳台门开着。我把挡着门的椅子挪开了，我看着外面，天色已暗，在火车站上面还有几道紫色的光。我发现，桶没有在阳台上，绳子吊在阳台外面。我一时间又觉得血直

124

冲头顶。马里奥刚才过来拿垫子时，他还是没忍住，把桶放了下去。尽管我们都严厉禁止，他还是把玩具放下去给他的朋友。阿提利奥的父亲迟早又会上来抗议，更糟糕的是他妻子上门来。外面有风，我把绳子向上拉时，感到一阵阵恶心和眩晕。还好，那个桶里还装满了玩具。我听见马里奥在我身后高兴地说："外公，我要和你开个玩笑。"

我转过身去，命令他："外面冷，你不要出来。"

他没有出来，他用尽全力把阳台门关上了，我被关在了外面。

第三章

一

　　我一动不动，什么也没做，在这漫长的几秒里，我一直待在栏杆处，手里拿着绳子，桶在空中晃荡着，我扭头看着白色门框和门上的双层玻璃。马路上的噪音很大，掩盖了其他声音，让人难以忍受。这时候，我听不见孩子的动静，也看不到他。天色逐渐暗沉，房间内的光线也渐渐黯淡。我放下绳子，缓慢离开阳台边，最后我看见马里奥了。他一动不动站在落地窗里面，手放在玻璃上，身材很小，眼神机灵。我一言不发，像麻木了一样。我只是把手放在玻璃上，像要模仿马里奥的动作一样，用力推玻璃，就像小孩想要阻止我进房间，只要我力气比他大，我就能进去。但门纹丝不动，我最后非常焦躁，手忙脚乱，气喘吁吁，用尽全身力气去推那扇玻璃，真是白费力气。最后我放弃了，我待在外头，马里奥在里头。

　　此刻尽管我非常讨厌马里奥，我的眼睛在冒火，但我没冲他大喊大叫。我心里在生萨维里奥的气。这个混蛋，他装了一道从外面不能打开的门，防止小偷进入房间，他操心的只是噪音会影响儿子的睡眠。还有，他一门心思只想着折磨我女儿，这扇门有毛病，他也没想着换一扇门，或者修一下。贝塔怎么能和这个男人一起生活了这么长时间，还生了个儿子。我弯下腰，对着马里奥，此时我只能看见他苍白的小手搭在玻璃上，而黑暗已经吞噬了整个天空、阳台、房间和孩子的面孔。我用指关节轻轻敲了敲玻璃，尽量挤出一个微笑。

"这个玩笑开得好，"我大声说，"拜托了，现在你能不能去开下灯？"

"马上去，外公。"

"不要跑，小心摔倒。"

一瞬间，连那双小手也看不见了。整个房间突然亮了起来，照亮了阳台，我安静下来了。马里奥很快就跑回来了，他很兴奋。

"接下来我要做什么？"

现在问题就是这个：我们要做什么。

"你坐在地板上吧。"

"你会坐在阳台上吗？"

"当然了。"我表示同意，我很费力地坐在了落地窗旁边。

"然后呢？"

"等一下。"

我需要反思，尤其是要斟词酌句，我不想让他察觉到他的行为已经带来了严重的后果，我不希望他害怕。他问我："外公，你能看见我吗？"

"我当然能看见你了。"

130

"我也能看见你。我们打个招呼吧？"

他用手向我打招呼，想确认我没生气，我向他摆了摆手。他还是不满意，他拍了拍玻璃，冲我微笑了一下。我也拍了拍玻璃，对他微笑了一下。我寻找着马里奥的目光。那双发亮的瞳孔里有我的倒影，像是一个小人儿。刚刚，他那双灵巧的手把他眼中的我画了出来，简直太神奇了，他画出了一幅让我觉得不可思议的画。他还这么小，已经有了自己的世界，还懂得那么多词汇。他把那些词排列组合，让别人觉得他完全理解它们的意思，但其实他什么都不懂。他的所有表现都一样，他甚至不明白自己刚刚画的画、涂的色意味着什么。马里奥是个活生生的小家伙，他的潜力正在积累，等待着爆发的时机，这在我们每个人身上都会发生。再过二十多年，为了避免麻烦，他可能会克制大部分的自我——这是很大一部分，需要慢慢克服——他会追逐一种耀眼的东西，随后他会称之为"我的命运"。我用指关节敲打着玻璃，喊道："马里奥！"他马上打起了精神，迫不及待地要听我的指令。我问他："我现在没法进房间了，你知道吗？""我知道，外公。"他当然知道，但在他看来，这是自然而然的，没什么奇怪的。"我们先玩一会儿，"他说，"然后你再进来。"显然，他以为我们会这样——他在玻璃的里边，而我在外面——无休止地玩下去，当他觉得无聊了，游戏就结束了，我也会回到房子里。

"马里奥！"我反对说，"如果没人给我开门，我没办法进来。"

"萨莉会让你进来。"

"萨莉明天早上才能来。"

"那我们就一直玩到明天早上。"

"到明天早上还远呢，我们玩不了这么久。"

"你要工作吗？"

"对。"

"你工作太多了，外公。现在我们先一起玩，爸爸会让你进来的。"

"你爸爸后天才回来，后天比明天早上更远。"

"那我会让你进来。现在我们要做什么呢？"

我差点就失控，但我感觉手机好像在裤子口袋里，这让我没有发火，但我最后发现口袋里只有一盒烟和一盒火柴。我不知道手机在哪儿，我有一段时间没用它了，我接到的最后一通电话是编辑打来的，因为我把手机设成了静音模式，后面有没有人打电话我并不知道。小孩开始用力地拍打着玻璃，他没法忍受我走神。也许我错了，我应该吓唬吓唬他，让他明白他闯祸了，把我困在了这里。但我已经开始用那种假装慈爱的语气说话了，只能继续下去。

"马里奥，"我说，"你知道家里的电话在哪儿吗？"

他马上振奋起来了。

"无线电话吗？"

"无线电话。"

"我当然知道了。"

"你能拿到它吗？"

"可以。"

"不用爬椅子？"

"不用。"

他正准备跑开，我用指关节敲了敲玻璃："等等。"

我告诉他首先要做另一件事：从煤气炉旁边的架子上，拿一张放在那里的纸条给我。

"跑着去吗？"

"不，别跑。"

只剩我一个人了，我很快感觉到了寒冷的侵袭，我这才意识到我只穿着拖鞋还有一件薄薄的毛衣。但我很快就能进去了，贝塔给我留的纸条上肯定写了各种可能用到的号码。马里奥能够熟练地使用手机和遥控器，让他拨打其中一个号码去求助应该会很容易。我往下面的院子里看了看，院子里黑漆漆一片，像一口深井，对面的窗户还有一层层阳台，没有一户人家是亮着灯光的。我左边的马路却灯火通明，那条宽阔的大道上车水马龙，车流从火车站出来，一串串红色的车尾灯疾驰而去，反方向的车头灯却像蜗牛似的向前移动。嘈杂声，还有发动机不耐烦的噪音震耳欲聋。我比平时更加虚弱了，不是身体上的疲惫，而是因为马里奥那幅令人惊讶的画带来的冲击。即使被困在阳台上，我也感到非常不安，并且无法完全驱散那种感觉。

马里奥跑了回来，他兴奋地拍着玻璃，用两只手把那张纸条按在上面。我蹲了下来，摘掉了眼镜，对他说："把纸翻过来。"他把纸翻了过来。贝塔标注的号码里有萨莉的电话，我松了口气。我让马里奥把纸条放在地板上，去拿电话。小孩有些犹豫地说："我已经去过了。"

"然后呢？"

"电话不在那儿。"

"你说什么？"

"你没把电话放回去。"

不安的感觉忽然开始加剧，这是我的错，是的，在午饭时我和贝塔通了电话，然后我应该没注意，把电话随手放在哪里了。这该死的脑子！我正做着一件事，心里却想着另一件，生活真的让人疲惫。我尽量集中注意力，但孩子很激动，他不停地拍着玻璃问："外公，现在我要干什么？"现在，我需要好好回想一遍我做过的事情。我第一次拿起电话是在昨天晚上，那时贝塔打来了电话，我一边和她说话，一边在屋里走动。后来我挂了电话，我把电话放回了原来的位置，或者是厨房某个地方。今天我接电话时——"外公，我要做什么？"——我就是在厨房找到它的。我记得很清楚，我是在走廊里和贝塔通的话。最后呢？——"外公，然后呢？"——我挂了电话，就去客厅找马里奥了。小孩用两只手拍着玻璃，表示他很不耐烦。我有些按捺不住，冲他吼了一句："够了！"他惊讶地眨了眨眼，将手掌从玻璃上收了回去，十个手指还张开着，像投降的姿势，嘴巴也半张着。我马上就后悔了，他这个样子，好像马上会哭起来，他可能会赌气，不再配合了。我冲他笑了笑，又说："对不起，外公刚刚在想事情，现在我想起来电话在哪儿了，我肯定把它落在客厅里了，你慢点过去，它就在桌子上。"他脸上的表情马上晴朗起来了，有些夸张地朝门边慢吞吞地走过去，消失在走廊里。

天边还有一些亮光。实在是太冷了，我决定活动一下身体。我站了起来，但我不敢乱动。脚下的那块石板让我一点安全感都没有，它架在半空中，汽车和火车经过时都会颤抖。事实上，那一刻这个城市的所有一切都让我没有安全感，不管是钢筋还是水泥，或是所有建筑。那不勒斯的所有一切都是临时的、很不稳定的，少年时期我就有这种感觉，这也是我二十多岁就从这里逃走的原因。这个城市的建筑杂乱无章，暴力和腐败横行，还有各种坑蒙拐骗。我记得，在这所公寓里，在这片城区生活的每时每刻，都有父亲赌钱时捏着牌的手指留下的印子，他不停地寻找刺激，把我们吃饭的钱也拿去赌了。我用尽了所有力量进行反抗，想要和父亲划清界限，想要掐断和祖先的关联，我希望摆脱这座城市，以此来证明我的与众不同。这种力量来源于我臆想中那个不平凡的我。而眼前这个孩子，不知道他血管里流的血是什么样的——这个孩子长大后，会有一双宽厚的手和粗壮的双腿，会像他的父亲一样，占有欲很强，很爱吃醋，会假装绅士，总之他和我毫不相干——可突然间，在我眼皮子底下，他画出了一幅出人意料的画，他仅仅是在模仿我。他只是出于好玩，他从内心深处挖掘出了这幅画，这幅画可能深深埋在他的骨肉里，不知道是从哪个核酸、磷元素或者氮元素中冒出来的。他让我明白，他拥有和我同样的潜力，小时候，我觉得这种潜力让我与众不同。所以它不只是我一个人的天赋。更糟糕的是，它能出现在马里奥身上，就能出现在任何人身上。那天早上在水吧里面遇到的那个男人也有这种天赋，它并不是一直以来我所坚信的我自己特有的天分。我终于明白，客厅里发生的事意味着什么。马里奥的画让我的信念破灭了，我并不是自己想象的样子。我打了个冷战，向着玻璃靠了靠，好像屋里的光能让我暖和些。

嘭，嘭，嘭，马里奥回来了，他用电话机拍打着玻璃。"你真棒。"我对他说。他看上去非常激动，脸颊红扑扑的，眼睛炯炯有神。他问："外公，现在我们做什么呢？"

二

我觉得事情在往好的方向发展。
"现在你拿着纸，把它放在玻璃上给我看。"我说。
"为什么？"
"我要记住萨莉的号码。"

马里奥照做了。我尽量集中注意力，低声重复了很多次萨莉的号码，但我还是担心自己忘记，我对马里奥挨个大声念着那串数字，让他重复一遍。他大声地重复着，很开心我给了他这个考验。

"335102925。"

"你真棒，再来一遍。"

"335102925。"

"现在我们开始打电话。"

小孩坐在了地板上。

"你也坐下吧，外公。"

我艰难地坐下来，尽可能靠近玻璃。他自言自语地重复着那串数字，依次按着键盘。没过几秒，他喊道："喂，萨莉，你怎么样？我很好。"

我松了口气，急忙喊道："告诉她，我被关在了阳台上，让她马上带钥匙过来。"

但小孩没有理我。

"妈妈和爸爸还没有回来。我和外公在一起，我很好。他狠狠地摔了一下门，把我吓了一跳。现在他在阳台上，我们在玩打电话的游戏。拜拜，萨莉。再见，再见。"

他把电话从耳边拿开，看着我："我要再拨一个号码吗？"

"萨莉！"我大声喊道，盖过了马里奥的声音，"拜托啦，先别挂电话。我在阳台上，我被关在外面了，我需要帮助，萨莉！"

　　小孩惊讶地看着我，我的表情应该很吓人。他说："萨莉不在。"

　　"不在是因为你把电话挂了。"

　　"我没挂电话。"他小声嘀咕着。

　　我长长叹了口气："重新打给她，你还记得号码吗？"

　　"335102925。"

　　"很棒，重新打。"

　　他按了几个键，明显没有电话号码那么长。他按得很快，一副很自信的样子，我开始质疑他是不是真的在打电话。

　　"马里奥，拜托，重新拨那个号码，认真一点。"我说。

　　他的上嘴唇在颤抖。

　　"真打电话，还是玩游戏？"

　　"真的打。继续：335……"

　　他打断了我说："外公，我其实不会打电话。"

　　我沉默了，一下子无法理解他所说的。我问："你不认识数字吗？"

　　"我只认识1、0和10。"

　　"那遥控器呢？你能用遥控器换台看动画片，却不会用手机？"

　　"我还小。"他回答说，我能感觉到他也很难过。这没什么可说的，他确实还小，虽然他父母都是数学家，但他们只教给了马里奥丰富的词汇，却没有教会他认数字。马里奥用遥控器换台看动画片时，靠的是图像记忆。但电话不一样，他只能胡乱按键盘。现在他还在装腔作势，不断尝试，实际上他很不安。我看着他跳动的手指，心想：也许总会打通一个人的手机。我朝他喊道："别按了，你听听有没有接通。"但现在我才意识到，按下去的键盘都没有声音，显示屏也不亮，电话已经没电了。

"拜托了，"我说，"马上把电话放回去。"

或许是寒冷已经让我口齿不清了，或许是我的要求不够坚决，马里奥一动不动。

"我们不玩游戏了吗？"他盯着电话说。

"不玩了。"

"是因为我不会打电话吗？"

"不是，因为电话没电了。"

"没电的电话也很好玩，我和爸爸总是这么玩，是你不想和我玩了！"

"马里奥，别闹，去把电话放回去。"

小孩站了起来，把电话留在了地上。他说："如果电话没电了，那也得怪你，是你没把它放回去。妈妈说，你总是想着自己的事。"

"好吧，那你也得听话。"

"不要，我要去看动画片。"

他走出了房间，任凭我声嘶力竭地叫喊。

"快回来，马里奥，你得帮帮外公，帮外公也是一种游戏。"

一分钟过去了，两分钟过去了。我希望他只是躲在了某个地方，等着我叫他，他会出来和我和好，但事情不是这样。我拍打着玻璃，又开始叫喊，这一次用了柔和的口吻："马里奥，快过来，我想到了一个特别好玩的游戏。"这倒是真的，我想让他帮我去找手机。有了手机，事情就会变得很简单：我可以指给他通话记录的按钮，让他找到他妈妈的名字，只要他给贝塔打了电话，贝塔就可以联系上萨莉，叫她过来。但屋子里回应我的只有动画片里高分贝的对白。我声嘶力竭地喊道："马里奥，马里奥，马里奥。"没有用，显然他不想听见我的声音。换句话讲，就算他听见了，就算他回到阳台这里，我又能记得手机放在哪儿了吗？

我艰难地回想着，当我想起来时，却更加沮丧了。手机就在我的面前，离双层玻璃只有几米远的距离，我把它放在了书架最高的一层架子上，在一堆贝塔小时候玩过的小玩意里，我把手机放得那么高，是为了防止马里奥拿到它。他确实永远也不可能拿到，就算爬上椅子也不行，但就算他能拿到也没用，那一刻我才忽然想起来，我上一次给手机充电至少是三天前了，它肯定也像无线电话一样没电了。

我真是愚蠢，没有先见之明，总是想着那些无关紧要的事。我蜷缩在玻璃旁边，不敢站起来。我就像那些害怕

140

坐飞机的人，他们会一直粘在座位上，不敢去洗手间，也不敢跷二郎腿，生怕一离开座位，飞机就会失去平衡，向一侧倾斜，翻转，迅速坠落，摔成碎片。但我又不得不想些办法，也许我应该大喊大叫，引起邻居和路人的注意。但我怎么能吸引别人的注意力呢？我在六楼，离马路很远，周围都是噪音。而且动画片的声音那么大都没有人听到，谁会听到我在寒风中的呼喊呢？我叹了口气。我知道我是在找借口。真正让我无法挥着双臂求助的原因是我放不下面子。我曾经想要摆脱这片我从小长大的地方，想要赢得世界的掌声。现在到了晚年，我已经功成名就，我无法忍受自己变成一个吓得魂飞魄散的小男人，在少年时住的老房子阳台上求助，这也是我曾经踌躇满志想要逃离的地方。我感到一种深深的羞愧，我被关在了阳台上，我本可以避免这种事情发生。我一直都很倔强，不肯求助于人，现在要放下体面，去求任何可以帮助我的人，这真是让我羞耻。最后，我是被小孩关起来的老人，这也让我觉得羞耻。

而那个小孩，谁又能保证他真的会乖乖坐在沙发椅上看电视呢？他可能正在屋里到处乱转，脑子里全是他父母灌输的思想。他可能会打开煤气，可能会放火，也可能把自己烧伤。他可能会打开水龙头，把屋里的东西全淹了。他可能淹死在浴缸里，或者用他爸爸的刮胡刀把自己划伤。他可能爬上了家具，把柜子弄倒，把自己压在下面。我开始胡思乱想，我越想，越害怕马里奥可能会遇到的危险。我越是担心马里奥的命运——因为一种奇怪的思维转换——我就越觉得他是一个敌人，一个已经成年、强大的敌人。我脑子里又浮现出他说"我要去看动画片"时向我投来的目光。我永远也无法拥有他的那种力量，说出"照我的话去做，不然算你倒霉"。在我的记忆里，我是一个内向的小孩。我当然经常有使坏的想法，有时候很强烈，但我总是暗地里表达它们。可马里奥的基因却让他能直面反对他的人，并且战胜他们。谁知道呢，也许我太夸张了，他只是一个普通小孩，做小孩子会做的事情。问题在我身上，我挥霍光了所有的生命力，以至于那个小小的身体里散发的能量也让我很恼怒。我想，就连我的艺术创造力也越来越弱了。他向我展示出，在短时间内，他能学会所有我会做的事，马上就能实现，在四岁的年纪，他甚至可以做得更好。这也是为什么我能感觉到，在他长大之后——假如他放弃其他无数种他有无限潜能的事业，走上我走过的路——他会是一个很出色的画家，他会让我每部作品都黯淡无光。他会光芒四射，让我变成一个没什么创造力的亲戚，一个努力了大半辈子却碌碌无为的可怜虫。

我决定重新站起来，我需要找到一个解决办法。我紧紧抓着栏杆，小心翼翼地往下看了一眼，下面亮起了一些灯光。我看不清楚，但灯亮起来的地方似乎是一楼，灯光照进了黑漆漆的院子。我想，也许我可以利用阿提利奥母亲的敌意。我打算把装着玩具的小桶放下去，我打算在他们的落地窗前来回摆动那个桶，来激怒她和她丈夫。我一边摇晃着桶，一边觉得我这样很蠢，一个七十多岁的人，像小孩一样玩游戏。当我确信桶差不多降到一楼时，我用左手抓着栏杆，右手继续摆动着绳子，希望从那片光亮里走出一个骂骂咧咧的人，但没人出来。我任凭桶来回晃动了一阵子，感觉太阳穴突突跳着。我继续用左手抓着栏杆，右手用力猛拉绳子，突然把它放开，我重复了很多次这个动作。什么也没发生，还是什么都没有。我愤怒地把桶拉了上来，发现桶很轻，一下子就被我拉上来了。我本来想试着把玩具放下去，让它们落到下面的阳台上。但当我拿到桶时，发现它是空的。

三

这一发现让我兴奋不已，有人在那几分钟里拿走了玩具。是阿提利奥吗？还是他妈妈？或者是他爸爸？不论是他们中的哪个人拿了，总会有些反应。尤其是那个女人，她一定会觉得自己受到了侮辱，她会怒气冲冲地跑上来，使劲按门铃。啊！这期待已久的愤怒。现在只需要想办法说服马里奥关掉电视，或者让他把音量调低些，不然我和他可能都听不到门铃声。

我回到落地窗边，手里还拿着小桶。我用空着的那只手掌拍打着玻璃，一边喊："马里奥，到外公这里来，我要跟你讲一件特别好玩的事。"我的太阳穴突突跳着，喉咙也很痛，浑身冰冷。我不由自主改变了说话的语气："马里奥，你在干什么？不要惹我生气，快点回来。"我的叫喊逐渐失控，也许是因为太累了，也许是血红蛋白和贫血的影响，我面前的双层玻璃后突然出现了一幅让人作呕的画面。对面的墙——挨着我的床的墙壁，变成了一大块肥肉，中间夹着一条条瘦肉，从肥肉里伸出无数张不怀好意的脸。

我闭上了眼睛，又重新睁开，肥肉还是在哪里，上面挤满了无数张鲜活的小脸，这让我一阵恶心。我感到恐惧，我想用其他想象赶走这种幻觉，但我想到了一个更可怕的情景。我好像看到了玄关处的门，如果一楼的邻居真来按了门铃，马里奥就会跑过去。这是一种超现实的想象，我回忆着那两扇棕褐色的门，还有防盗的黑色铁杠，门上的手柄和插销的圆头。我这才意识到，即使阿提利奥和他父母兄弟一家都过来，即使他们一直疯狂地按门铃，即使我成功说服马里奥去开门，孩子也没法把门打开。昨天，为了防止马里奥下楼去找他朋友，我把门从里面反锁了。要想够到那个黄铜插销，马里奥必须爬到梯子上，但他绝对没办法把梯子从储物间拖出来，把它架开，放好。就算他能放好梯子，又有什么用呢？仅凭小孩的力气，根本没法转动那个按钮，把反锁了两道的门打开。

时间过去得太慢了。我想，真是太烦了，我很冷，天快要下雨了，我不想死在这个让我厌恶的阳台上，现在我要把一切都砸了。因为想不出更好的方法，我用右手拿着小桶，用仅存的力气向玻璃砸了过去。我以为玻璃会裂成无数块碎片，我想着离远些以免受伤，但桶砸在玻璃上，发出的声音就像是橡胶球撞上了障碍物，它弹了回来，玻璃还是丝毫未破。我失去了最后的理智，我用桶疯狂地砸着玻璃，一下又一下，我怒吼着，我感觉喉咙已经撕裂了，但玻璃还是丝毫未破。我精疲力竭地停了下来，我手腕很痛，我揉了揉那里。我想要用脚去踢玻璃，但一想到我还穿着拖鞋，踢在落地窗上，除了把我的骨头弄断之外根本毫无用处，我放弃了。

　　我变得多脆弱啊。我曾经对自己充满信心，我觉得构思精妙的一笔，就能把一座山劈成两半，现在一道玻璃门都让我无可奈何。我手里拿着桶，看着玻璃上自己的影子，大腿张开，身子前倾，眉棱下是深深的眼窝，干瘦的脸颊上颧骨高高凸起。我站在冷风里，头顶上是黑漆漆的天空，马路上的喧闹声刺激着我的神经，我快要冻僵了，我忽然觉得自己很滑稽。这就是一个七十五岁老头的样子：狼狈不堪、头发凌乱，穿着一条松垮垮的裤子，他本来是要照顾一个小孩，但却连自己都照顾不好。我又想起马里奥说的话，他说可以用桶把空气提上来，我不禁想笑。也许，这确实是摆脱困境的唯一方法了，把桶放下去，一次两次三次，一千次到三千次，把下面的深渊吊上来，然后越过栏杆去寻求帮助。这是一个需要耐心的工作，我要把桶一次又一次地放下去，把装着让我母亲害怕——现在让我恐惧的虚空吊上来。这个阳台只不过是一块窄窄的石头，它处于公寓的双层玻璃门、车站玻璃窗、汽车车窗和对面那些屋子的玻璃窗中间，它被牢牢地嵌入了这块空间。小孩很有眼力。他之前是什么样的，长大后又会变成什么样子呢？我小时候总是骄傲地认为自己承载着母亲的各种期望。当我的老师对她说"这孩子与众不同，他长大以后会干大事"时，我母亲会心怀骄傲。听了学校里老师权威的话，她回到家也会充满力量。她对此深信不疑。我们的家族里还从来没出过干大事的人，即使是朋友、熟人和邻居里也没有。那些干大事的人是少数，你遇不到他们，你没办法和他们说话，也没办法接触到他们。只有我可以成为大人物，因为我与众不同，这是老师告诉我母亲的。她把老师说的话告诉我父亲，告诉所有人，这让我异常高兴。她的话让我很膨胀，我一辈子都保持着这份优越感，虽然我也有过疑问，什么才算真正的大事呢？怎么才能把大事和小事区分开？能够判断我所做的事是大事还是小事的权威又在哪里呢？在后来的那些年里，竞争越来越激烈了。只有少数人要干大事儿时相信自己杰出的天赋，这是一种隐秘的信仰，感到自命不凡对我们来说并不难，证明自己与众不同也只需要一些微不足道的成功，有一些高傲、抑郁或疯狂的表现，这都是人们赋予天才的特征。但随着时间流逝，有天赋的人也越来越多。早在四十年前，那些有天分

146

的人就无数次地开启了艺术和文化工厂紧闭的大门。在米兰的房子里，我常常自言自语，一个人在嘟囔着，事到如今，这种与众不同已经成了电视和网络里绝望的叫喊，无数与众不同的人，他们收入很低，而且经常失业。有好些年我都有这样的困惑，那些思绪经常让我很消沉。曾经的我，到底算什么呢？我只是那些艺术先驱中的一员吗？为后来有创造才能的青年开辟了道路？又或者，我是大半个世纪之前那些出身平凡但心怀幻想的人中的一个，我成了这些人的表率，让他们的幻想更加真实？仔细想想，我一直都确信自己会做出非凡的事，确立自己的身份和地位，我就是怀着这种幻想变老的。我一直等待着奇迹出现，我将会创作出一部公认的伟大作品，它会向世界证明我的存在。现在，那个可以证实一切的事情发生了，而且是在我出生的城市。它不是一个作品，而是一件很可笑的事情，我被关在了童年起就熟稔的阳台上。是一个讨厌的小孩——马里奥一手造成了我现在的处境，他和外公玩扮演艺术家的游戏，他眨眼间就让我信心扫地，他从我的身体里夺走了多年前老师的称赞给我带来的骄傲，他开玩笑把我关在了外面。我现在身处冰冷的风雨中，我终于看清了真相。我身体衰弱，不仅仅与那场外科手术有关，它不是在最近几个月才耗尽了能量。从青少年时期，从童年时期起，甚至从出生起，我的身体便是空洞的。我给自己加了一层光环，我顽固地把自己打造成另一个人，当然，我工

147

作很努力，运气也不错。我童年获得的称赞后来也得到了确认，我也获得了一定的成功，但没办法，我能力平平，我是空的。虚空并不在栏杆外面，它在我的身体里。这让我无法忍受。我要把桶从嘴巴伸进我的身体里，把里面的虚空打捞上来。

我摸了摸额头：上面有雨水。我生气地把桶扔到栏杆外面，冲向门，用身体狠狠地撞了上去。我用尽全力喊着马里奥，我惊讶地发现，我的声音又洪亮起来，我僵在了原地，伸长了耳朵倾听。动画片里的音乐和对白终于停了下来，小孩应该是关上了电视。

四

我不安地等待着。马里奥一脸高兴地出现了，他的眼睛里还留着动画片里的某个人物。

他开心地说："外公，他一直追着跑，最后撞到了一棵树上。"

我没有问到底是哪个人物，我很害怕他又开始跟我解释。

"他把你逗笑了？"

"对。"

"好，现在你能帮我做一件事吗？"

"马上。"

148

"你能不能试着转一下门把手？就是门卡住时，你爸爸开门的办法。"

"我得拿把椅子。"

"不需要椅子，你够得到。"

"要开门的话，要和爸爸一样高。"

他没有等我回答，就走向房间里的一把椅子，把它推到了落地窗边。

"小心点。"

"我会的。"

他爬上了椅子，我担心地想：如果他掉下来，我该怎么办？但他没有掉下来。他笔直地站在椅子上，抓住了门把手。

"你得用点力。"

"我知道。"

他紧紧抿着唇，眼神专注，上下转动着门把手，然后高兴地喊道：打开了！我小心翼翼地推了推门。他根本没打开，门还是锁着的。

"真棒。你想再试试吗？"

"我已经打开了。"

"马里奥，这不是游戏，再试一下，门要真的打开。"

他躲避着我的目光，盯着地板。

"我饿了。"

"你能再试一次吗？"

"我饿了,外公。"

下雨了,我感觉冰冷的雨水落在了耳朵和脖子上。我说:"如果你想吃东西,就得让我进来。再试一次。"

他开始啜泣:"我连下午的点心都没吃,我要告诉妈妈。"

"门把手,马里奥。"

"不要!"他生气了,"我饿了。"他毫无预兆地从椅子上跳了下去,我的心一下跳到了嗓子眼。

"没事儿吧?"我问。

他站了起来。

"在幼儿园,我比所有孩子跳得都好。"

不知道还有多少事儿,他觉得自己比所有人都做得好。不知道他要用多长时间才能发现,他其实只有一两件事情比别人做得好,最后得出结论:自己其实一无所长。我说:"你确定没事吗?为什么你老是摸脚踝?"

"我就这里有点痛。我去拿点吃的东西,这样就不痛了。"

他装作一瘸一拐的样子,准备离开。"马里奥!"我喊道,"等一下,我也饿了。"

"我给你拿一点面包。"

"不要用刀切面包!"我喊道,他已经到了走廊上。

仅仅这一句叮嘱就够了吗?还有多少事,我应该嘱咐他不要做的?不要烤吐司,不要煎鸡蛋,不要用微波炉加热萨莉做的饭。还有很多其他事。他可以在整个公寓里为所欲为，来展示自己的无所不能。萨维里奥教给了一个四岁孩子太多与他年龄不相符的事情，马里奥把这些当作游戏来自我掩护。他可能坚信自己无所不能，因为玩游戏能让他掩饰自己的失败。他那么擅于模仿别人，逗起能来也很自然。我记得很久之前，跟小孩说话，还会用一套幼稚的词语。那是一种不可思议的语言，但可以拉开儿童和成人的距离，那时还没有家长会让小孩学大人说话，好以此来夸耀他们的聪明。我和我妻子那一辈的人，已经开始杜绝那些幼稚的"儿语"了。贝塔在三岁时，说话就像书里写得那么正规，也许比现在她儿子还能说。我们对此感到自豪，我们像提问鹦鹉一样提问她，来向别人炫耀。结果呢？贝塔的童年是超负荷的，后来她总是无法达到自己期望的样子，她一直都很不满。也许正因如此，她才会总跟马里奥说"要'咚咚'他的手"。

说实话，那时候我也很想"咚咚"马里奥的手板。我用一只手护住头发，潮湿好像已经浸透了听觉，我的头、耳朵还有脖子似乎也开始隐隐作痛，我应该是发烧了。当我忍不住要再冲小孩怒吼时，我隐约听到了门铃声。我屏住呼吸，等待着。难道是一楼的邻居已经发现了玩具，阿提利奥的母亲决定要来讨说法了吗？我集中注意力，试着排除马路上的噪音，想搞清楚是不是门铃声，没错，又是一阵清晰的门铃声。我拍着玻璃，马里奥，马里奥，马里奥。小孩这次跑了回来："外公，有人按门铃，是妈妈。"

"不是妈妈。拜托了，你能认真听我的话吗?"

"是妈妈，我去开门。"

"你打不开门的，马里奥，听我说，你跑到门那里，用你最大的声音说：我外公被关在阳台上了，赶紧叫人来帮忙。一定要这么说，你重复一遍。"

马里奥摇了摇头。

"我能打开门，是妈妈回来了。"

我强迫自己用平静的语气说："马里奥，我向你保证，那不是妈妈，你也开不了门，因为有插销。你去门边重复一遍我说的话：我外公被关在阳台上了，赶紧叫人来帮忙。"

又是一道不安的门铃声。马里奥不再坚持，他喊着"我去开门"，然后跑开了。

我等待着，雨越来越大。因为马路上的噪音，即使我伸长了耳朵，也听不见屋里的动静。我想，小孩应该还是会试着把门打开，他应该会把椅子拖到门边，希望能够到门上的黄铜把手。这是个固执的家伙，我怀疑他不会照我说的做。但我希望，按照平时他爸妈对他的训练，即使是为了表现自己，他也会把那句话说出来。我关注着每一点细微的动静，尽管打了一声响雷，我还是又听到了一阵门铃声。不管在楼道里等着的是谁，他都会听见门后的马里奥，马里奥一直不说话。也许他不会一字一句重复我说的话，但他一定会说点儿别的。我期盼着，不安快要把我吞没了。铃声没再响起。一楼的人放弃了？或者他们已经开始说话了？

马里奥重新出现在房间里。

"不是妈妈。"他说。

"是谁？"

"我开了门，根本没有人。"

"马里奥，说实话，你真的把门打开了？"

他盯着地板，很不高兴。

"我去吃东西了。"

"等等，回答我：你真的把门打开了，还是在玩游戏？"

"外公，我肚子好痛，我现在真的饿了。"

"你应该说'外公被关在了阳台上，他没法进来了'。你记得吗？你说了吗？"

"烦死了，我不想玩了，我饿了。"

五

他沮丧地走开了。我陷入了一个困境，我开始厌恶所有的一切，尤其是那个孩子。因为他的缘故，我要在这里淋雨，而现在雨已经下大了。我转过身，背对着房间，我讨厌这套房子，我尽可能后背贴着玻璃，好让自己不被雨淋到。天上刮着风，风发出呜呜的声音，雨水都打在了身上，我感觉自己像是身处哥特风格的小说里，雨滴拍打在我周围的地面上，在我影子周围跳跃。我完全没法避雨，雨水用力打在我身上，我的裤子、拖鞋和毛衣都湿透了。一道道瀑布从屋檐冲下来，发出巨大的声响，天空不停地被闪电照亮，随后是一阵阵雷鸣。大雨迅速淹没了马路，汽车警报器此起彼伏。院子和广场漆黑一片，我觉得，黑暗吞没了大部分的雨水，那片黑暗中，冰冷的漩涡正在盘旋上升，我现在站着的透着灯光的阳台变成了一座桥，桥下是充满漩涡的激流。

　　我感到一阵恐惧，我转过身朝房间里看了看，想知道马里奥有没有回来。难道他在拉门把手时从椅子上摔了下来，所以心情很差？他回到了厨房，完全把我抛到了脑后，一心想着要找东西吃？他在厨房里做什么呢？如果小区的灯光都熄灭了，整个老房子陷入了黑暗，如果小孩能够自己应付所有事情，我在这里淋着雨，会不会变得更孤单？我的牙齿在不受控制地打战，我已经有些呼吸困难了。雨水从淋湿的头发滑进眼睛、脖子和耳朵里，不安的感觉快要让我的心脏承受不了了。这些天，我画的那些画也跳出来折磨我：老房子和现在的房子融合在一起，画纸上的图像跳了出来，呈现出我曾经生活的无限可能，幽灵冲破了所有屏障——很多个自我，有的是被我扼杀的，有的存在时间很短——他们在家里找我。真是个愚蠢的作品。很快，我的脖子和后颈也痛起来，我感到一阵眩晕和恶心。伴随着恶心感出现的是那块巨大的肥肉，令人作呕的情景。但这次肥肉里没有想挣脱出来的密密麻麻的小脸。我眼前是马里奥，他蜷缩成一团，正要从肥肉中间挣脱出来。我闭上了眼睛，没有用，再次睁眼时，马里奥还在那里。我想，这就是我要画的东西。我要寻找的幽灵是马里奥，从我到这里开始，他就一直在我眼皮子底下。他生机勃勃的身体里包含所有可能性：他是一条长长的婚配链产生的结果，来自他出现之前的各种碎片，那些因为死亡而丢失的东西，那些已经等了一百万年，想要展示出来的东西。现在它们挣扎着，伸展着，想要一个未来，希望进入一幅画、一张照片、一部电影，希望有人承载下来，传播、讲述、琢磨它们。这小孩是个多么惊人的幽灵啊！那么小的年纪，却那么能干。我受够他了，我受够了所有一切。我感觉到雨一阵阵猛烈地拍打在我的肩膀上。我想象夹着雨水的冷风吹到阳台上，把这里变成一个闪闪发亮的木筏，漂浮在被雨水淹没的黑暗城市的上方。又一道响雷打过来，整个那不勒斯都在颤动。马里奥冲进房间，跑了过来，他每只手里都拿着一块面包，对我喊道："外公，我害怕。"

我想，我得让他留下来，我要安抚他，我现在只有他了。

"没什么好害怕的，"我努力控制着因寒冷而发抖的身体，我说，"雷声只是一种声音，就像喇叭声一样，你听到了吗？"

"你都湿透了。"

"下雨了。"

"我也想淋雨。"

"你把门打开，就可以淋雨了。"

"我要吃完面包再开门。"

"好。"

他用胸部和肘部撑着，又爬上了椅子，他站了起来，贪婪地咬了一口面包，把另一块朝我递过来。

"这是你的，"他说，"吃吧。"

他把面包递到玻璃旁，我张开嘴咬了一口空气，小声说："好吃，真好吃，谢谢。"

"你为什么这样说话？"

"因为我很冷。你听到刮风的声音了吗，你看雨下得多大。"

小孩仔细地看了看我。

"你不舒服吗？"

"有点，我老了，如果淋雨着凉，我会生病的。"

"你会死吗？"

"会。"

"你什么时候死？"

"很快。"

"我爸爸说，坏人死的时候不用难过。"

"我不是坏人，我只是爱走神。"

"就算你爱走神，你死的时候我也会哭的。"

"不用，你爸爸说你不需要难过。"

"可我还是会哭。"

他狼吞虎咽地吃着面包，但一直没有忘记让我吃另一块。等他吃完，我做出了决定。我对他说："马里奥，你是一个很乖的孩子，你要试着理解我。目前为止，我们玩得很开心。你开玩笑把我关在了外面，我们打了电话，还吃了东西。现在游戏该结束了，外公非常虚弱。我太冷了，我必须马上取暖，如果再不取暖，我就死了，不是游戏里的死了，而是真的死了。你看雨下得多大，你看到闪电了吗，听到打雷了吗？下面有好多水，它们越来越高，像一片海一样，就要把阳台淹了。我很害怕，我看到了可怕的东西，我听到了可怕的东西，我好想哭。现在，我不是那个大人了，我是一个比你还小的小孩。我要跟你说实话，你现在变成了大人，只有你是大人，你比我力气大，比我能干，你要救救我。把我的那块面包也吃了，这样你会更有力气。试着想想怎么把门打开，你要把你爸爸的每个动作都做一遍。你能做到，你也知道怎么做的，你在你的年纪已经无所不知、无所不能了。你在听我说话吗，马里奥？你明白你闯了什么祸吗？你知道，如果我死在外面，那都是你害的吗？你想想，等你妈妈回来时，她会怎么收拾你？快点，不要再玩了。认真一点，把这道该死的门打开！"

这么做是对的。我把这当成最后一次机会，我想让孩子明白事情的真相，明白他的责任和义务。但同时，我的情感也用尽了，我原本亲切的语气不由自主变得越来越咄咄逼人。最终，我还是没忍住，恐慌和愤怒占据了我。"你在听吗，马里奥？你明白你闯了什么祸吗？你知道如果我死在外面，都是你害的吗？你想想，等你妈妈回来时，她会怎么收拾你？快点，不要再玩了。认真一点，把这道该死的门打开。"从那一刻起，我内心的防线被突破了，我对马里奥的敌意全部涌了出来。从我到的那天起，他说我的插画太阴暗时，这份敌意就开始滋生。我吼着方言，拍打着玻璃，这一次，我忘了这么做只会让情况更糟糕，会伤害到我，也会伤害到他。

为什么我会走到这一步？我不知道。我拍打着玻璃，其实想打的人是他，但不是那个站在椅子上的孩子，不，肯定不是，我想拍打的是肥肉里那个迷惑我的形象，是我在他身体里隐约看到的能量团。那些活生生的物质令人厌恶，像一个个脓包不断在脸上裂开，它们形成语言，不断塑造着自己和一切事物，它们复制粘贴，总是无始无终。当我打完最后一拳，我的表情应该像地狱里最可怕的魔鬼，好像马上要去吸血。马里奥的眼里已经全是泪水，他哆嗦了一下，向后退去，摔下了椅子。

六

我很担心孩子会出什么事，这让我马上停了下来，我不再说话。我也停下了试图推开双层玻璃的手，我的右手举在头顶，雨水鞭打着我。马里奥在哪里？他受伤了吗？雨水流进了我的眼睛，我什么都看不见，只能听到他的尖叫。"马里奥！"我喊道，"你受伤了吗？别哭，告诉外公。"他摔倒在椅子旁边的地板上，仰面躺在地上，挥舞着手臂，两腿在空中到处乱踢，他像所有难过的小孩一样，哭得肆无忌惮，声音很大，很绝望。他看起来那么弱小、无助。这些天里，我从没见过他这么脆弱无助，他不再伶牙俐齿、目光机灵。他的每一个动作都失控了，他的眼泪不是为了得到什么，或是抗议什么，那是慌乱和崩溃的眼泪。不知道他的眼泪积攒了多久了，他的眼泪藏在"我知道，我来做"这些话的背后，他想获得外公的认可，但他的外公不可理喻，还不停对他表现出敌意。

"马里奥，听我说，到我这来。"

"不要！"他叫得更大声，拳头疯狂地在空中挥舞着，想把我的声音赶走。他不停地哭，把我吓到了，他的身体因为激动而抽搐。慢慢地，他的哭声开始变缓，绝望的情绪在渐渐平复。我说："你站起来，看看你摔到哪了。"

"不要。"

"你撞到脑袋了吗？"

"没有。"

"你摔痛了吗？"

"嗯。"

"哪里？"

"我不知道。"

"过来，让我亲一下你摔痛的地方。"

"不要，是你害我摔下来的。"

"我不是故意的。"

"我要告诉妈妈。"

"好，让我亲你一下，亲一下就不痛了。"

"亲一下根本没用，要擦药膏。"

"亲一下有用，你要跟我打赌吗？"

他满脸通红地站了起来，一脸的眼泪和鼻涕，嘴巴还沾着亮晶晶的口水，身体因为轻轻抽泣而晃动。他每走一步，我都感觉他身后拖拽着房间的碎片，还有墙上那块肥肉里的白色脂肪粒、蛋白质和酶。我发现，那个小孩身体里也有某些我熟悉的东西，七十年来我一直以为那是只有自己才有的东西，但它其实来自很远的地方。它从一块骨肉、神经穿梭到另一块相似的骨肉、神经，在支离破碎和重生，消失与出现的过程中得到了保留。不知道有多少人为自己感到惊异，他们心中萌生了一些雄心，像水中花、镜中月，加上夜里的星光，他们规划了一些激动人心的冒险，像悬崖一样险峻，像老树皮上的皱裂一样波折，或者他们尝试把命运玩弄于股掌之间，不论是好运还是厄运，幽灵存在于未来。而此时的马里奥，简直像个不依不饶的小精灵，他不停抚摸着右膝盖，在向我展示我给他带来的

160

伤害。他把膝盖靠近玻璃，我弯下腰，想亲亲他的伤处，却还够不到他受伤的右腿，于是我跪在雨水里，弯下腰亲了亲落地窗，冰冷的雨水在玻璃上流成一道道小溪，打湿了我的嘴唇。

"怎么样？"我问。

"好一点了。"

"你看，亲一下还是有用的吧？"

"嗯。"

"谁是外公的小宝贝？"

"我。"

"动动腿，让我看看你的腿好了没。"

他配合地动了动腿。

"已经不疼了。"

"那就坐下吧，外公给你讲个故事。"

"不要，你都冻得发抖了。我也要亲你一下，让你暖和一点。"

他亲了一下玻璃。

"你好点了吗？"

"好多了。"

"现在我去拿螺丝刀给你开门。"

我很怕他又一次离开，我的语气完全是在恳求："别走，陪我一下。"

"我马上回来。"

161

"外公求你了，不要做危险的事。过来，我们一起来玩你的玩具，外公不想一个人待着。"

我拦不住他，他迫不及待地要走开。他马上回到了那个他更喜欢的世界，在那个世界里，他无所不能。我打起精神，很费力地站了起来。现在雨小一些了，不久雨就会停了。我现在的处境实在太糟糕了：从头到脚都湿透了，风还没停，我暴露在冷风里。事已至此，我开始享受目前的处境。在刚刚过去的几分钟里，一定发生了一件很重要的事，现在我才反应过来，这让我平静下来了。我应该是在不知不觉中越过了某个界限，我已经不再为自己担心了。我的人生，我的整个人生都被撇在一边，留在了身后，但我一点也不懊悔。我没能给詹姆斯的小说画插画，这超出了我的能力，我也没精力再去尝试了，我的能力有限，再折腾也是徒劳。但马里奥的画就不一样了，他已经超出了我的期待。这是非常精彩的一笔，谁知道他将来会不会有所成就呢。再说了，这种获得成功的想法也是一种执念。从少年时期开始，我就把成功看得太重了——现在我醒悟过来——那只不过是绘图涂色，不过是一种让人愉悦的爱好罢了。我本可以把精力花在更实际的事情上，刚开始，我有足够的动力：改变、调整、和解，再教别人如何去改变、调整、和解。然而，为了打发时间，我一直玩到老年。我想和那些可怕的东西保持距离，它们在房子里、街上和世上蔓延，可怕的东西无所不在，反倒是那些平静、虔诚而又神圣的东西却遭受拉扯、撕裂和粉碎。还好，这时候马里奥回来了。走廊里发出金属擦着地板的刺耳声音，他出现了，推着一口铁箱子穿过整个房间，最后到了落地窗前。他的脸因为用力变得红扑扑的，那个箱子很笨重，他挪箱子时肯定差点受伤了。我对他说，如果他只需要螺丝刀，不需要把整个工具箱都搬过来，单独把螺丝刀拿过来就够了。"爸爸会把工具箱都搬过来。"他回答说，然后坐在了地上，熟练地打开了工具箱，从里面拿出一个黄色手柄的螺丝刀。

"不要爬到椅子上。"我叮嘱说。

"我不爬，我得把螺丝刀插到门下面的一个洞里。"

"好，那你玩吧，别把门刮花了，这门可是新的。"

"我没有在玩，外公，我真的要开门。"

"我为你高兴，真开门也很好玩儿。"

他坐在地板上，屁股挪到了门边。我站在外面，低头看着他，也只能看到一个明明暗暗的影子。我的镜片上全是水，落地窗也因为雾气变得模糊，我站的位子让我什么也看不到，我只感觉力量在消失，我只希望马里奥不要用螺丝刀把自己弄伤。

"你说'芝麻开门'了吗？"

"爸爸没说过。"

"说'芝麻开门'会好一些。"

"芝麻开门。"

"然后呢？"

他把螺丝刀扔到了地板上，严肃地说："好了。"

"你真棒！"我小声地说。我想，我们一辈子都在不断和自己、和他人较量，好像这样就能得知真相似的。等我们老了以后才发现，那些真相只不过是一时的信念，随时会被其他信念所取代，重要的是要相信当时可靠的信念。我的小外孙站在那里，他看上去非常满意。他把螺丝刀放回了工具箱，像平时一样，他谨记着萨维里奥的嘱咐，还有他妈妈强调的要保持房间整洁的规矩。他回到我这里，用两只手握住门把手往下拉，落地窗打开了。

七

我进了房间，因为害怕阳台再把我抓回去，我马上关上了背后的门。我表扬了孩子，但我没碰他，我身上太湿了。我说："你真能干，简直无所不能，太棒了！"我马上冲到洗手间，打开了淋浴喷头，把湿透的衣服丢到一边，穿着内裤和袜子钻到了热水下面。马里奥很兴奋，他也想加入，我同意了。

"我也要穿着内裤和袜子。"

"好。"

我的身体暖和了起来，力气又回来了，我的灵魂、精神、生命力、体内的化学反应和其他功能都慢慢缓过来了：

然而我微弱的生命力与小孩的尖叫声和笑声里爆发的生命力比起来，完全不算什么。我们在喷头下跳舞，我们穿着浴袍，我紧挨着卫生间里的暖气，小孩则一直扭头躲开吹风机的热气。

"你烫到我了。"

"怎么会？"

"你根本不会吹头发，头发不是这么吹干的。"

"是的，外公是个老笨蛋，但现在好了，我们已经吹完了。"

我们加热了萨莉给我们做的饭，冰箱里就剩下这一顿饭了。我们一起吃饭，一起穿着睡衣，一起看动画片，直到小孩累得睡着了。我把他抱到了床上，自己也要躺下了，我已经累得睁不开眼了，但我想先把无线电话和手机充上电，然后去看看落地窗底部是不是真的有个神奇的洞。我没找到，但老实说，可能是因为我的视力不好。我躺到床上，头一挨到枕头就睡着了。

第二天是萨莉把我们叫醒的。她一边拉起百叶窗，一边说："大懒虫外公，大懒虫外孙。"她拿着两个玩偶和一辆玩具汽车，展示给睡眼惺忪的马里奥，她想知道为什么他把玩具扔到了楼道里。然后她转向我，提高了嗓门说："我从来没见这个家乱成这个样子，你们都干了什么？打水仗了吗？"我什么都没说，只是问："您能先出去一下吗？"孩子则喊了一句："我想再睡一会儿，不要碰我的玩具！"

萨莉给我们准备了早餐，我们发现她心情格外好，她刚和一个斯卡法蒂区的饭馆服务员确立了关系。她说，那个男人比她大三岁，很腼腆，是个鳏夫，四个孩子都大了。她那天请假，是因为这个男人迟迟不向她表明心意，所以她要去推动一下。她问我："你有女朋友吗，外公？"

"没有。"

"我有很多。"马里奥插嘴说，却是对我说。

"我一点也不怀疑，"我回答说，"但外公总是很难交到女朋友。"

"如果你愿意，我可以把我的女朋友分你一个。"孩子提议说。

"我想做马里奥的女朋友，"萨莉插了一句，"但他不喜欢我，拒绝了我。"

"你太老了。"小孩说。

"你外公也很老。"

"我外公不老。"

我刮胡子时，马里奥一直赖在我旁边。他突然冷不丁地对我说："爸爸和妈妈可能会离婚。"

我很高兴他这么信任我，对我说他的心事。

"你知道离婚是什么意思吗？"

"知道。"

"我不信你知道，你跟我说说。"

"离婚就是他们不要我了。"

"我就说你不知道吧？他们会分开，但不会不要你。"

马里奥沉默了一会儿，有些尴尬，又说："如果他们离婚了，我能来你家吗？"

"你想来随时可以来，待多久都可以。"

他好像感到了安慰，又问："今天你要工作吗？"

"不，我再也不工作了。"

"真的吗？"

"真的。"

"爸爸说，不工作的人没饭吃。"

"你爸爸说得对，我以后不吃饭了。"

"如果你不工作，我们一起玩吧？"

"不玩，今天出太阳了，我们去外面走走。"

"我不要走路。"

"我也不想走路，我们去坐地铁。"

他很高兴。我发现，地铁对他来说像迪士尼乐园一样。他最喜欢的是加里波第广场的自动扶梯，上下几趟他还不满足，他想去参观每一个地铁站。"我们每站都下车，看一会儿，再上车，"他计划着，"我和爸爸有时候就这么干。"我同意了，我们在托雷多站停留的时间尤其久。我们搭乘自动扶梯上上下下，马里奥想给我看墙上的光影效果，还有五彩斑斓的颜色。他向我解释说："那是太阳，外公，这里是大海，这里可以看到圣真纳罗山和维苏威火山。"整个早晨很快就过去了，一整天都过得飞快。晚上贝塔打来了电话，她好像很高兴，一开始我还不知道为什么。后来我才发现，原来是萨维里奥的发言获得了极大的成功，她非常骄傲，研讨会上，大家都在讨论这件事。"其他呢？"我问。贝塔回答说很好，她想和儿子说话。我把无线电话递给了孩子，在旁边听他们说什么。马里奥绘声绘色地跟他妈妈讲述着我们在地铁里的探险，他还讲到了萨莉的男朋友，但从始至终都没提阳台上发生的事。

不仅如此，我们一整天也没再提起过阳台的事儿。后来，我一直在打喷嚏、咳嗽——我患了重感冒——马里奥担忧地问我："你昨晚是不是没有盖好被子，外公？"他也没有说别的。也许，阳台上发生的事对他根本没有造成任何影响。或者，更可能的是，在他会说的那些话里，阳台上发生的事，他找不到对应的表达，不知道他什么时候才能学会讲述。他也只能强调，晚上睡觉时，如果被子没盖好就会感冒。

八

第二天，贝塔和萨维里奥回来了，他们下午三点左右到了家。我注意到，虽然马里奥很崇拜他父亲，但他还是第一时间扑进了母亲的怀抱。贝塔把他抱了起来，他们亲个不停。

"我回来了，你高兴吗？"

"高兴。"

"你和外公相处得怎么样?"

"好极了。"

"你让外公好好工作了吗?"

"外公以后都不工作了。"

我女儿听到这个消息一点也不意外。她只是说:"外公不工作,是因为你太闹了,谁知道你是怎么折磨他的。"然后她笑了笑。贝塔的牙齿一直很漂亮,就像阿达的一样,她粲然一笑,让她的面容和身姿看起来更迷人。这让我意识到贝塔变了,就像是做了一整晚的美梦,现在刚刚醒来,那些梦就像是真的一样。她对马里奥说:"到妈妈这儿来。"整个下午他们都腻在一起。

我和萨维里奥待在一处,虽然他让我很厌烦,但我实在无事可做。"我听说了,"我对他说,"你在卡利亚里的研讨会发言很成功。"他点了点头,假装很谦虚,但没能坚持很久,即使他知道我对数学一窍不通,还是详细地给我讲了发言里所有创新的东西。我感觉我仅有的能量也要耗尽了,我不停地打喷嚏、咳嗽。"你在你的领域里真的很出色。"我这么说只是想让他闭嘴。他客套地回答说:"哪里哪里,你在你的领域里做得更好。"我想避开这个话题,但又不知道该说些什么,于是我问起他和贝塔的关系。

我不该问的,他的脸一下变得通红,这种变化太明显,我不得不看向别处,以免尴尬。我做了蠢事,说了胡话,他艰难地承认。他说话时呼吸急促，一会儿在空中摆着手，一会儿把手指交缠在一起，好像打了死结。他跟我絮叨着他的烦恼，还有他睁着眼做的噩梦。他恳请我原谅他，他想让我宽恕他之前说的关于我女儿的混账话。

"全都是胡话，"他低声说，眼里闪烁着泪光，"她爱我，她一直都爱我，我却反过头去折磨她。"

他的忏悔很真诚，我很高兴我外孙继承了他的基因，我把我的想法告诉了他，语气带着明显的讽刺。但萨维里奥却信以为真了，他感谢了我，喋喋不休地说起了他这几年做的心理分析，但那些折磨人的幻想还是没消失。

"我需要做什么？"他问我。

"什么都尝试一下，"我忍不住说，"吃点药，了解一些社会学、心理学和宗教，尝试一下抗议和革新，尝试一下艺术，吃一段时间素食，上英语课和天文课，这得分季节。"

"什么季节？"

"人生的季节。"

他摇了摇头，像要把头从脖子上甩掉。

"你在说笑吧，我很糟糕，爱吃醋是我的基因，它总让我看到一些不存在的事。"

我不禁有些想笑，我告诉他，我的情况和他不一样。

"我没有那个吃醋基因，但我看不到真实存在的东西。不过，现在，我看得更清楚了，我发现到处都是大块的五花肉。"

170

"这是你想画的新作品吗？"

"不，这是现实。"

"你真有趣，我不会和别人逗乐。"

"我也不擅长，但今天我心情好，所以会好些。"

"你完成你的插画了？"

"没有。"

"因为你是个完美主义者。我总觉得我们有点像，也许就是因为这个，你女儿才会喜欢我。"

"是吗？"

"是啊。我可以用一个方程式，把人们带到他们永远到达不了的地方；而你则是用画笔，把别人带到了远方。"

我从来没有把任何人带到过任何地方，但我不想让他失望。我们一起聊了很久，出乎意料地融洽。我们一直聊到马里奥出现，他靠在爸爸的一条腿上，萨维里奥问他："你和外公都做了什么好玩的事呀？"

马里奥做了个鬼脸，眼睛一会儿看上面，一会儿看地下，装出一副思考的样子，然后指着我，开心地说："他去了阳台上，我们一起玩了游戏。"

"这么冷的天去阳台？"

"待在阳台上的是外公，不是我。"

"啊，这样啊。你们玩得开心吗？"

"可开心了。"

贝塔也探出头来。她很笃定，现在好像任何事都无法

171

再扰乱她了，不论是我、她丈夫还是儿子。在最近几个月里，她应该承受了很多东西，但现在她已经准备好要用指甲、牙齿，甚至谎言来捍卫她的幸福了。她手里拿着一张纸，那是马里奥的画，那幅让我震惊的画。

"爸爸！"她用揶揄的语气说，"这是什么，新灵感吗？还是青春再现？不过很棒。"

她以前从不屑于在我的作品上浪费赞美之词，我记得，她在青少年时期总是批判我，有时候几乎是一种攻击。但从二十岁起，她的态度缓和了，这个女儿已经开始接受了她父亲的平庸。

"这是我外孙画的。"我骄傲地说。

马里奥几乎同时喊道："我是模仿外公的！"

附录

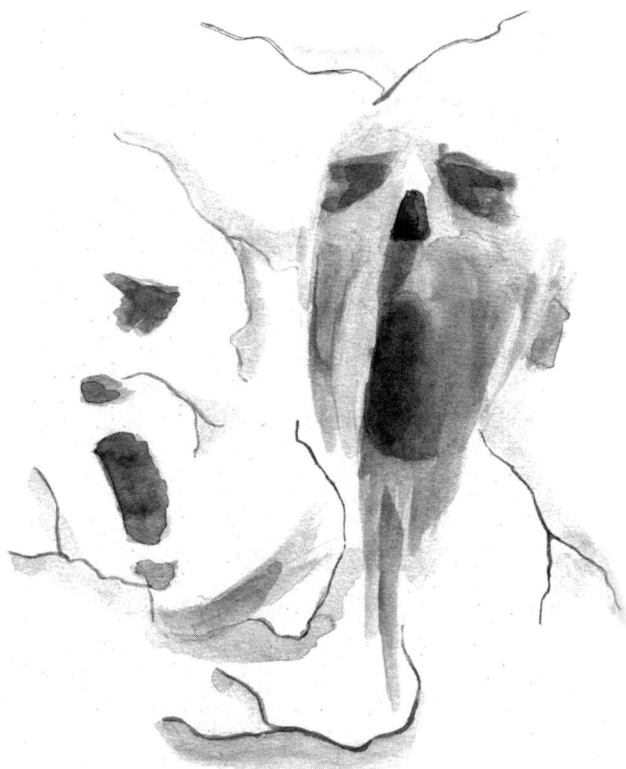

愉快的玩家

——丹尼尔·马拉里科（1940—2016）的笔记和速写
为《玩笑》而作

九月五日。后来，我真是劫后重生。他们来到了房间，把我带到了一个地下室，墙壁有些发绿，地板灰蒙蒙的，墙角是"锡耶纳土红"。我很想画一下手术室封闭的环境、灯光，但那真不是一个合适时机。我脑子里想着医生，还有那个印度修女，我希望他们能够及早切开我的肚子，快治好我的病，把我打发回家。那位修女扶我坐在床边，她站在我面前，抓着我的手腕，有人在我背后进行操作。在这漫长的一分钟里，我感觉我特别爱眼前这位娇小的修女，一种充满强度的爱，让我很难将她忘怀。这时候，我忽然感到一阵疲惫的浪潮，我趁机靠在了她的肩膀和脖子之间。她帮助我躺下来，我感到一阵阴暗的甜蜜，眼前浮现了黑色的铁栏杆，铁杆上尖尖的，防止外人爬进来。那是我小时候居住的楼房入口，那栋房子位于一个街角。

九月二十七日。我的身体好像不愿意好起来。我浑身乏力地躺在床上看电视，百无聊赖。幸运的是，这时有个年轻编辑来找我。他顶多三十岁，充满了生命活力，他说话的声音，每个动作都很有力，简直是对我的羞辱。前天，他邀请我给他正在做的精装本小说绘制插图，那是亨利·詹姆斯的一本小说。我很犹豫，我对詹姆斯不是很了解，就我所知道的，我推断给他的作品画插图难度很高。他想尽办法说服我，尤其是提到了报酬会很丰厚。有几次，他甚至用一种很庸俗的语气夸下海口："您只要答应我，钱的事情都好说。"但实际上，真正落到实处时，我发现钱其实少得可怜，跟我之前的稿费简直没法比，在五六年之前，完成差不多的工作，我会得到更多钱。但多一千欧少一千欧又有什么意义呢？在这个阶段，我需要的不是金钱，而是一些活力。后来，我们约好了在热内亚大街上一起吃早餐，我们假装成为朋友，最后我们达成了协议。从今天开始，我忙碌起来了，我要绘插图的小说叫《欢乐角》。

九月二十九日。我开始看那部小说，但我经常会走神。我想起了我父亲，有一天晚上，他在一家酒吧二楼的房间里赌钱，他那天早上才领了工资，但一个晚上输掉了所有钱。他又高又瘦，他用迟缓的动作离开了那张桌子。他在那里玩了几个小时，他把烟盒、火柴放在了口袋里，向那个赢了他钱的人告别，离开了房间。他必须下几级木质台阶才能来到街上。我父亲只走了几级台阶就晕倒了，他从台阶上滚了下来，脸朝地摔在了地上，摔断了几颗门牙。

十月四日。我父亲和詹姆斯有什么关系呢？看完那篇小说我才明白我为什么会想到我父亲。小说标题"欢乐角"里的一个词——欢乐，让我想到了扑克牌。小说中的主人公斯宾塞·布莱顿追随着一个幽灵——他在纽约的另一个自我，刚开始他带着乐趣去追随这个幽灵，他觉得那像是运动，就像是去打猎或是下象棋，像猫和老鼠的游戏，或者捉迷藏。后来他发现这个游戏很恐怖，故事就这样结束了。我在看这部小说时，感觉有些东西令我很熟悉。我想起了我父亲激动的样子，他全身心，甚至连呼吸都倾注于一件事情，他希望能抓到自己想要的牌，这样他就可以赢。他赌博成瘾，像生病了一样。假如他能像布莱顿那样想象力丰富，可以捕捉到幽灵，那捕捉到的幽灵一定不会像他那样阴郁，而是一个非常快乐、走运的男人，靠赌钱成了百万富翁。可能是因为这种联想，我对纸牌产生了兴趣，有一张"百变牌"，可以替换任何一张牌。我在网上找了这种纸牌游戏的历史，后来我发现，它和塔罗牌虽然有一定的关系，有些图案跟中国及日本的妖怪有关，但实际上它是美国人发明的游戏，可以追溯到十九世纪。一九〇六年，詹姆斯六十五岁时写了这部小说——《欢乐角》，愉快的玩家，这种扑克牌才刚刚诞生。

十月十日。我是不是很夸张？可能是吧。但事实上，

我的身体很难恢复。我
现在状态很恍惚，就好
像我身体的一部分或者
全部（无论如何都是身
体最主要的一部分）有
很重要的事情要做，要
马上从家里出去，但我
身体的另一部分现在变成了一个非常微弱的影子，就好像
一个轮廓，在距离我一米远的地方跟着。这个拖在后面的
部分伸出一只没有筋骨、血管甚至没有指甲的虚弱的手，
想把我拖住，嘴里还发出细微的"喂喂"的叫喊。

十月十五日。有一幅画，画的是房子的正面，这幅画
的标题是"疯狂角""快乐角"或是"希望角"。我在重读
这篇小说，刚开始我有些忐忑，但我觉得这是一个好办法，
就是把詹姆斯的风格，还有我
读这本书时在字里行间看到的
东西结合起来。不幸的是，我
现在要去那不勒斯了。十一月，
我要去帮女儿带孩子，我希望
在出发前能完成这项工作。我
已经画了几幅扑克牌的画。我
希望能够画出一张牌，上面是

179

我父亲的面孔。他的幽灵一定还在那不勒斯的房子里，我母亲、奶奶的幽灵也应该也在那里。至少对于我女儿来说，我的幽灵也在那里。幽灵的探索。

十月二十四日。我淡出了大众视野，具体表现是我的电话越来越少响起了，渐渐地，纸质信件和电子邮件也少了。我经常在想，还好我没有用"脸书"和"推特"，不然我遭遇的冷落就更明显了。我不用社交软件，从另一个方面来看，也是我落后于时代的标志。当然了，我还是会接到一些约稿，但相比于之前接踵而至的约稿，现在的工作真的很少。我告诉自己，他们很少找我，或者已经不再找我，是因为我很难打交道。但实际上并非如此，事实是：那些欣赏我的作品的人，要么像我一样老了，要么已经死了，或者已经出局了。现在我的电话很少响起，这很正常，我每天大部分时间都关在家里，一遍遍读詹姆斯的小说。我心想，深入理解那些文字，这是开始工作的第一步。但我经常分心，布莱顿和他的朋友爱丽丝·斯塔维尔顿跟我有什么关系呢？我很清楚，我现在在一页页翻看这本书，画出书里的句子和词汇，又回头去重新读一遍，只是为了逃避这个问题：我完蛋了，现在怎么办？

我晚上经常惊醒，内心充满了恐惧。这可能是因为我上床睡觉之前总爱看电视新闻。但是，我过去经历了很多糟糕的时刻，跟现在一样糟糕的年代，但我从来没在早上睁开眼睛时就感到莫名其妙的害怕。我身体里的某些东西退化了，可能是我失去了反应能力，身体意识到自己的反应能力很差，它很害怕。

十月二十九日。詹姆斯的小说让我很焦虑。刚开始我有很多想法，但我觉得那都不合时宜。现在，时间也像身体一样出了毛病，不知不觉就漏掉了。医生说，一切都正常，只是恢复起来需要一段时间，医生说的都是假话。我曾经特别喜欢这种精神安慰法，但现在我觉得那些话难以忍受。实际上，我自己很难受。我妻子之前也是这样，刚开始，医生总是说她一切都很正常，她的问题在于她过于焦虑、过于紧张了。假如出去舒舒服服度个长假，那她很快就会恢复健康。那年夏天，我们在山里租了一套房子，我们的女儿贝塔那时候还是个小姑娘，她一直在抱怨。我妻子的心情变得越来越糟糕，比在城里待着还要苦恼。有一天，她说她要去山里散步，不想带着女儿。当时我们的女儿也很叛逆，不愿意跟我们一起做任何事情。妻子出去之后，我就开始工作。后来，我发现天开始下大雨，她一直没回来。我在房子后面的树林里找她，浑身都淋湿了，溅了一身的泥，回家时天已经黑了。我看见车库的灯亮着，就走过去看，才发现她根本就没出去散步，而是在车库里看书。阿达本身就是一个很内向的女人，我根本就猜不到她的心思、她的情绪。生病之后，她就变得越来越沉闷和阴郁。这时我才意识到，她从来没有跟我袒露过她的内心，她假装没有内心生活。

十月三十日。编辑想要看我画的成果。他说，他想看看我画得怎么样了，但我不知道他能看懂什么。无论如何，我都该开始工作了。我对书中的主人公——斯宾塞·布莱顿青春期的遭遇产生了兴趣。他的青春期好像很落寞，没有任何满足感。他感觉自己脑子里有一些未被开发的角落，这对我很有启发。我们身体里有一些普通的优点，可能会沉睡很长时间，在我青春期快要结束时，我身体里很多潜

力还没被激发出来。我和阿达结婚时还很年轻，刚刚成年。有一次我年少轻狂地告诉一个女性朋友："我靠手上的铅笔，就可以离开那不勒斯，摆脱友谊、婚姻、爱情还有性欲，甚至是摆脱意大利和这个星球。"

闹钟叮叮的声音唤醒了我。

十一月三日。工作。声音，怎么能够画出来呢？詹姆斯会求助于通感。叮叮叮的声音，就像遥远的铃铛声。整个房子就像一个大酒杯，像是水晶杯，一根潮湿的手指抚过杯子边缘，会发出嘎吱的声音。可能布莱顿拐杖的钢尖儿落在大理石地板上发出的声音比较容易想象。

十一月十二日。内心深处的颤抖，超乎寻常的颤抖，一种忽然出现的、具体的惊异。一阵战栗，血流加剧，变

成了脸上的红晕。我想象，幽灵带来的感觉就是这样。只有通过颤抖、惊异和战栗，才能展现出那种可怕的力量，幽灵忽然进入布莱顿在纽约的房子，大约就是这种感觉。在我看来，引向幽灵的那座"桥"，就是那种忽然附身的感觉。需要把这种感觉体现出来，把斯宾塞内心激烈的活动表现出来，而不是用一个在空荡荡的房子里游移的恐怖形象来展现。如果我能用水粉、炭笔把我设想的东西画出来，应该会达到这样的效果：用水彩绘制出流动、颤抖的感觉，展示出幽灵出现的现场感。但我还是什么都没画出来，我一直在出血，我要去检查一下血红蛋白。我会打电话给我女儿，告诉她，我没精力照看孩子。她一定会不高兴，但她应该理解我：她不能随便给我打电话说，你来看孩子吧，不管我的身体状况和我的工作。我从来没要求别人帮助我，也没要求她帮我。假如我打电话给她，向她求助，我相信她也没有时间和精力投入到我身上。我想起了她得知我动了手术之后，给我打的那通电话。

"你为什么没告诉我呢？"

"那是一场很小的手术。"

"你是一个人去的吗？"

"一个人去也好过糟糕的陪伴。"

"妈妈知道了可能会很生气。"

"你妈妈早都不能生气了，她已经没有生气的权利了。"

"你说什么蠢话。"

184

"的确有些蠢。"

"你在医院待了多久？"

"一个星期。"

"一切都还好吧？"

"我有些失血。"

"爸爸，你真是疯了，你应该给我打电话，我可以去接你，把你带到那不勒斯来。"

当时的通话差不多就是这个样子。当然了，她从没来看我，也没把我接到她家里去，她只是给我打了几个电话，每次都匆匆忙忙的，在早上七点上班前给我打的电话。

"爸爸，你怎么样啦？"

"很好。"

"你还在床上躺着吗？"

"是呀。"

"今天你不起床吗？"

"我等下起床。"

"你睡觉了吗？"

"我做了噩梦。"

"你梦见什么啦？"

“我不记得了。”

“那你为什么要说你做了噩梦？”

我用开玩笑的语气跟她说，这对于我来说是一件幸运的事，这段时间，做噩梦对于我的创作有好处。最后我补充说，我现在躺在床上，但脑子里想法很多，我是凌晨四点醒来的。

十一月十八日。说起来很好笑，但我还是动笔了，尝试画那种颤抖的效果，我用铁锈色画了两幅画，男主人公布莱顿的身体在颤抖，从他的一只耳朵里飘出来一只小鬼，很像扑克牌里的形象，那是我在美国扑克上看到过的。我觉得编辑肯定不会满意，但我没时间修改就出发去那不勒斯了。那是一场很糟糕的旅行，在博洛尼亚上来了一个年轻黑人，他衣冠楚楚，上了火车就一直在打电话，用一种我听不懂的语言在大喊大叫。我面前有一个人在昏睡，忽然被吵醒了，很不客气地对那个黑人说：“嘘，声音小一点，你不应该那样大声说话，今天早上我五点就起来了，现在很困。”那个年轻黑人马上就挂掉了电话，对着那个瞌睡的男人大喊大叫起来了，这一次他说的不是外语，而是很粗鲁的那不勒斯方言，全是脏话，吐字清楚。其他乘客都不说话，眼睛看着地面，我想

大家一定很痛恨那个没教养
的年轻人。我在那儿等着他
们打起来。我很确信，他们
肯定会打起来的，但最后他
们却没动手。他们吵了很长
时间，最后那个白人躺了下
来，那个黑人小伙不再打电
话，没有说外语，也没有再
说那不勒斯方言。假如我要
起来劝架，避免他们打架，
我哪儿来的力气呢？我用什么样的姿态介入呢？我应该捍
卫那个黑人吗？还是让压抑在内心的种族主义释放出来？
我要批评没教养的人，不管他是黑皮肤还是白皮肤。我是
不是应该用同样粗暴的方言？一路上我都在出冷汗。到达
那不勒斯时，我很不高兴。贝塔家里的暖气一直都不怎么
暖和，半个世纪之前，家里根本就没暖气，窗子也关不严，
吹进来的风很刺骨，冬天冷得要命。但我不记得有现在这
么冷，这是一种新的寒冷，可能是因为我很疲惫，我年纪
大了，再加上生病，心情很糟糕。我外孙一本正经的，很
像我女婿。他喜欢那些明亮的颜色，他说我的画颜色太暗
了。但我觉得，我之前画的那些画并没那么阴暗，可能是
印刷出了问题，那些画本来一点都不阴暗。可能我女儿和
女婿说起过我作品的坏话，正好被马里奥听到了。孩子对

于大人的话都很在意，会记得很清楚。

马里奥有一张扑克脸。

我一辈子把大部分时间都用在了艺术创作上，我找了各种各样的理由来解释我这么做的原因。刚开始我想摆脱那不勒斯，进入艺术世界。后来我想，我应该揭示这个世界上一些恐怖的事，让人们想办法改变现状。最后，我致力于推翻那些主流风格，打造一种新风格，做各种各样的尝试，还有理论上的改进。我提出一些新理念，批评其他人和其他风格。我喜欢讲些大道理，因为我担心如果不这么做，我的渺小可能就会暴露出来。阿达一直都不相信我的努力，也许只有最初在一起时，她才相信我。她很快发现，没有任何事情能让我真正献身。我只是关心如何保护自己，逃避人生，因为我很担心无法应对生活，担心自己会受到伤害。有一次我妻子告诉我："你唯一的态度就是把头转向一边，你并不是一个漫不经心的人，而是你尽量漫不经心地

188

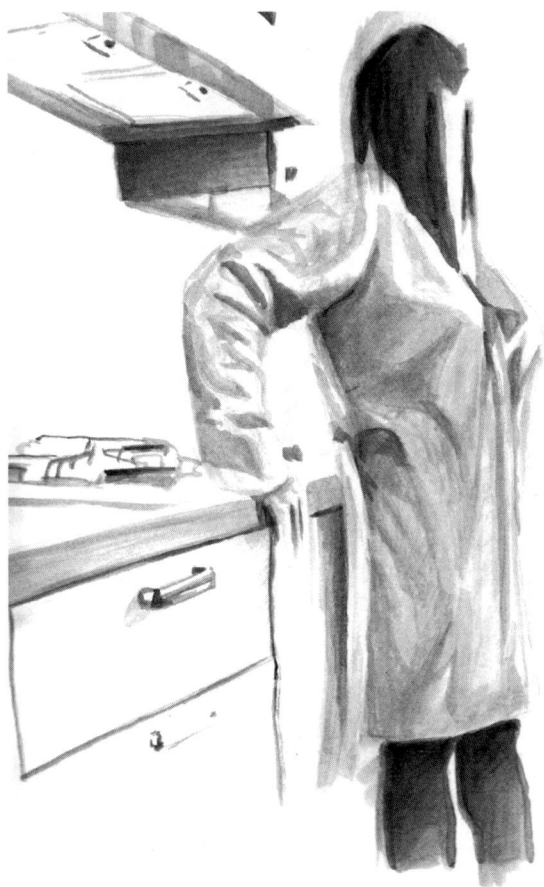

生活。"那种漫不经心，可能就像布莱顿的朋友——爱丽丝·斯塔维尔顿在那个"陌生黑人"身上看到的。那不是美国黑人，也不像今天我遇到的那个黑人，而是我的阴暗面，是让我害怕的另一个自我。他总是躲藏在黑暗中，因为害怕光明，他是一个从来没有得到接纳的陌生人，天生没礼貌，无缘无故就会发火。因此，她可能会和不太黑暗的人讲话，那些人表现出不会分心的样子。爱丽丝不是这样，爱丽丝让朋友布莱顿的脑袋靠在自己的怀里，她会接纳朋友的一切。我现在要尝试一下，画下爱丽丝弯下腰、对着斯宾塞的样子：我、你还有他都融合在一张脸上，一张非常可怕、但也让人很舒服的面孔，她深情地凝视着这张面孔。至于我，在我的记忆里，从来没人给予我这么多同情，这种事情可能只有在文字世界里才会发生。人不会真正地被爱。

只有现在，在我年老时，我才开始接受一个一直以来自己都很排斥的观念：美的力量没有理由，詹姆斯写道：就连理由的影子也没有。但已经太晚了，我的头脑就是那样的。为了和我的女婿有话说，我说："我在画画时，总是要找一个充分的理由、一个动力，才能开始动笔。"而他很客气地回答说："这是对的，如果那些画很渺小，有再大的动力也不能使它们变得伟大。"他就是这样一个男人，即使说一些伤人自尊的话，也会彬彬有礼。有一次——他经过米兰——我告诉他："我觉得自己该做的都做了，现在是停

191

下来的时候了。"萨维里奥马上表示赞同，他说："是的，的确是这样，人到了一定的年纪，的确应该停下来。"我最后很难过，说："无论如何，我做的事情还是挺重要的，希望以后会越来越重要。"他又回了一句："当然了，你不是丰塔纳①，也不是布里②，但你也可以的。"我当时很想反驳：你说什么，你有没有搞错，我和丰塔纳、布里有什么关系？但我假装什么也没发生。我的目标当然不仅仅是成为像丰塔纳、布里那样的画家，我的目标比那更远大，但我谁也没告诉，当然也没有告诉萨维里奥。我的野心都隐藏在我内心，我为自己的不切实际感到羞耻。但在暗地里，我觉得这个世界确立的等级并不是那么可信，野心太大了，它没办法遵从任何模式，没有任何具体的参照，即使是有所参照，也是为了超越它。是的，是的，失败是真正的野心附属品，

---

① 丰塔纳：Lucio Fontana，是国际现代艺术市场上作品售价最高的艺术家之一。

② 布里：Alberto Burri，是一位意大利现代视觉艺术家、画家、雕塑家和医生。他的创作与卢西奥·丰塔纳的空间主义有联系。

那些小目标是实现了，而大目标失败了。

这个家就像个干巴巴的壳，房间都空荡荡的。这部小说里，"空荡"是绝对的。当布莱顿追寻的东西从一种精神维度演变成了物质存在，一种置于特定空间、可感知的想象时，那个处于一条大街和一条林荫大道角上的家，让斯宾塞感到恐惧，他怀疑有个人站在紧闭的门后面，而那扇门本应是开着的，为了逃避冲突，他在四楼开了一扇窗，准备跳下去。能够自我救赎的那条路往往是深渊。

我曾经厌恶这间公寓，厌恶楼房的外形，厌恶它突出的阳台，甚至厌恶这座城市。当我父母去世时，我把这套房子租出去了一阵子，而后又留给了从国外回来的贝塔，那时她已经回到了那不勒斯。我一直以来都很疼爱她，但我漫不经心，我所有感情都是这样漫不经心地给出去的，现在我为此感到懊悔和难受。

铅笔在我手上，它控制着我，改变了我。从我画詹姆斯时起，我的手变得异常敏捷，描摹速度很快，实在太得心应手了，以至于在画的过程中，我有一种"回光返照"

的感觉。除此之外，我找不到另一种方式来形容它。在夜里的那段时间，我的手指变得很灵活，好像它们可以独立存在，这种感觉我儿时也曾体会过，那时我惊异地发现自己拥有这种能力，我又害怕又惊喜。总之，有那么一瞬间，我仿佛回到了十二三岁的年纪，我的手又有了神奇的魔力，就好像我的整个艺术生涯——时代对我无法避免的塑造，我融进这个时代的方式——都消失了。过去，我从来不会像今天这样画画。或许，我以前知道该怎么画，但也只是按照当时的模式画。

十一月十九日。幽灵的样子，是斯宾塞的猜想和爱丽丝的梦境混合而成。两个特定的个体各自想出了一个可能的形状。动作是詹姆斯提到的，但他没说布莱顿怎么从"模糊"中显现出来，而我现在却要面对这个问题。我得描绘出另一个男人，他摆脱了和布莱顿的相似性，逐渐变成一个陌生人。我要画从布莱顿身上挣脱出来的"布莱顿"们，他们之间各不相同，而且和真正的布莱顿也不一样。

在客厅里挂着一幅我的画，红蓝相间，中间还镶嵌着一个真实的铃铛，是放牧时给牲口戴的那种铃铛。马里奥重重地敲打了一下铃铛，我心烦意乱。我说：

"马里奥，别这样。"

"妈妈允许我玩的。"

"只要我在家，你就不准这么做。"

"你想来敲敲吗？"

"不想。"

"爸爸说只要是铃铛，就可以敲。"

"这可不是用来敲的钟啊，反正现在不准。"

即便我意识到自己很渺小，但我也并不觉得我的作品很渺小——那都是好东西，我会告诉自己，这比其他人的作品好多了——我觉得自己渺小是因为我想当然地认为，我能创作出前所未有的伟大作品。

我沉浸在故事的高潮里，也就是主人公终于得以赶走幽灵的时候，那个幽灵让他很恶心。在方言里，我们把"呕吐"叫"吐"，而小资产阶级想把呕吐描绘得文雅一些，他们会说"反胃"。在这个过渡中，隐含着一种明显的挑战，还有一种约定俗成的表达，比如说：没有任何一位艺术家能够描绘得这么细致，等等。你只需要把脑子里的东西都倾倒出来，尽力向前，努力地创作，把你心里的东西"吐出来"。

斯宾塞寻找的"某个东西"，是他肉身的一个变体。这个变体刚开始蜷缩在那里，后来不得不伸展开来，他要成长，像一张照片胶卷上的众多影像。在那不勒斯，从少年时起，就有很多个"我"萌发出来，等待绽放，他们想抓

住这座千变万化的城市，因为那不勒斯也是座变化无常的城市，它可能包括很多其他城市，有的也许比那不勒斯好，有的也许比它糟糕。但这些自我持续的时间不长，都被排除在外了。或者，我自己觉得我是这么做的。我只想着一种可能：成为一位享誉全球的艺术家，可以永垂不朽的人，即使太阳系毁灭，人们还会记着我，他们会把我带到新的宜居星系。我没能做到这一点，我没实现我的目标，现在，我人生的其他可能——那些有缺陷的克隆人，因为不满情绪滋生的幽灵，当你掀开一块石头，他们就像蠕虫一样，以一种势不可挡的力量耸立起来。这就是詹姆斯所要讲述的事情。昨晚，当马里奥、他争吵不休的父母，还有家里的家具都入睡时，这些"克隆人"仿佛立在一个大球体上，他们都很专注，齐心协力，大家都站起来，每个身体都像一个问号。这个图像应该能体现小说的主题，但我得尝试其他方案。这种变化无常很难刻画，我想把这一时刻定格下来：你处于一种状态，但你忽然抽身而出，丢下一堆无关紧要的东西，这些留下的东西会成为另一个人。

这个孩子在这座城市里会变成什么人呢？他才四岁，整天把"我知道，我来做"挂在嘴边，以后这会不会成为一种自吹自擂呢？说一些空洞的概念，鼓吹一些自己并没有的本事，勾心斗角，打压别人？我是什么时候停止自我吹捧的呢？我想应该是年纪很大的时候，可能从来都没有停止，到现在也没有。我心怀一种大爱，随着时间的推移，

这种爱只增不减，就是对从许许多多个"自我"中挑选出来的那个"自我"的爱。我们所有人都很爱那个自我标榜的"我"。我们把这个"我"抛入尘世，要让别人也像我们一样，爱这个"我"时，就变得很难了。因为我们苦心经营，总是会失望。

一个十三岁的男孩儿，在理发店从客人的背上拂去剪掉的毛发，在汽车修理厂当学徒，是阿尔法·罗密欧汽车厂里的小车工，巴尼奥利区的普通工人，卡普瓦纳城门那里的小商贩，"克莫拉"黑社会组织的杀手、打手、流氓、钻营者，黑白两道通吃的政客，恶贯满盈、城市监狱的常客。也可能满脑子想着钱：通过恐吓诚实的人、通过贪污腐败、烧杀抢掠成为百万富翁。要么成为一个酒吧服务员，终日怨天尤人，给人煮咖啡、端点心，扮演着一个本分人的角色，本来可以成大事儿的，却因为过分坚守道德底线而没做成。要么立在窗边，等待着那些从街角巷陌，从郊外涌来的绝望的人推翻这个世界——上层的人会跌入下层——血流成河，就是为了实现乌托邦，让每个人都能发挥自己的作

用，各取所需。那些幽灵现在浮现在我少年时期住过的房间里。我不需要像布莱顿一样，借用一封未读的信来做隐喻，好像读了这封信就能揭示出什么一样。我已经读过我生命中所有可读的东西，我知道那些幽灵和我相似。如果他们把我也看作一个在屋里飘荡的幽灵，一看到我就会恐惧，那就有趣了，可事实并非如此。很久以前，在我二十岁时，我想让这个世界变好，我想用那些揭露现实、给人希望的作品，让那不勒斯的坏人变好。但我期待的事情没有实现：那些恶人根本就不在乎艺术，他们渴望权力，渴望越来越多的权力，他们靠不断撒钱和传播恐惧，来削弱反对者的势力。

十一月二十日。我受不了以老人的口吻和孩子讲话。我不想做外公，我是我自己。我不是一个第三人称，我是第一人称。但我女儿迫使我这样讲话，为了不让她难过，我也开始这样说。可能不仅仅是因为这个，还有一点便是，把"我"和马里奥并列起来，我觉得有点过了。所以即使是有些腻歪，也最好说："外公不想，外公不喜欢，外公给你读一篇童话。"

布莱顿像一个快乐的狩猎者，他希望能使"猎物"出洞。刚开始他很平静，他肯定自己会抓住一个可能和自己某个方面很相似的幽灵，他确信，那个占着他房子的是一个和他类似的人。然而在一个又一个回合之后，他发现他们并不类似。欧洲的布莱顿和美国的布莱顿，两人没有任何相似之处：一个是久经情场的浪子，一个是经营不动产的商人。出现了很多不一样的东西，纽约幽灵的脸变成了一张模糊的面孔，斯宾塞无法想象一张和自己面孔类似的面孔。詹姆斯自己把"相似"搁在了一旁，开始寻求那些非常规的东西。那个幽灵挡脸的一只手的手指残缺不全。至于爱丽丝，我觉得她的情况比布莱顿还要糟糕。这个深情的女人，知道两个不相容的男人在家里见面了，现在的问题是：如何把戴着精致单片眼镜的轻浮欧洲人和那个断了手指的严肃美国人放在一起。两个男人一点儿也不一样，爱丽丝感到很矛盾，她爱着斯宾塞，也不讨厌那个幽灵，但她要做出选择。布莱顿本来就嫉妒心很强，他觉得那是自己，但其实不是，不知道那是谁。不，我觉得这不是一个圆满的结局。故事可以有一个圆满的结局——这简直是最难拆穿的谎言之一。

我想到贝塔和萨维里奥。我想着斯宾塞和爱丽丝干什么呀，我画上我女儿、女婿，还有这个女人——萨莉。我

和萨莉聊过几句。她很乐意停下手中的活儿和我聊天，我也很想讨她喜欢，我还指望着她帮忙呢。我明白，贝塔和萨维里奥的关系很紧张，她知道的比我多。

"我真心疼马里奥，"她避开了孩子说，"有了孩子，就不应该分开了。"

"他们没有要分开，只是两人关系有点儿紧张。"

"你这么说是因为你住得远，没听见他们吵架。"

"都会过去的。"

"但愿吧。"

但我明白她不抱任何希望。一方面，她害怕两人分开给孩子带来不好的影响；另一方面，能看出来她既不喜欢贝塔，也不喜欢萨维里奥。她总是把这样的话挂在嘴边，比如"两个都是好人，又有学问，但就是对这个可怜的孩子要求太多"。所以，或许是为了避免在我面前讲贝塔的坏话，萨莉便把矛头指向了萨维里奥："多聪明的一个人，多么谨慎细致啊，可是……"我同意她所说的。

十一月二十一日。我醒来，期待自己受到惩罚，因为很多事情我都没有做到。

人老了，神经系统退化了，泪腺也不发达了。

阿达家境很好，接受了很好的教育，她的身体是富裕家庭用几代时间打造出来的。而像我这种出身的人，即使只是痴痴看到她说话的样子、走路的样子，也觉得自己会变好一点。她其实是属于别人的，是我把她掠夺过来，据为己有，至少贝塔从小就这么认为。她没发觉，我在她母亲面前姿态很低，阿达什么都懂，而我什么都不知道。我总是害怕失去她，我需要自我保护，我迫切地想向她证明我的天赋和能力。一旦我觉得她忽略了我，我就对她说："你不爱我。"

"我很爱你。"

"你爱的不是真正的我。"

"我很清楚你是什么样子的。"

"所以你不爱我。"

"是你受不了我了，因为你的想法和我不一样了。"

我们过去经常这样对话，一直持续到她生病以后，甚至在她去世的那一天我们也说过这样的话。我想过把她从我的身体、脑子里抹去，可即使读了她的日记，我依然无法停止对她的爱。

马里奥自以为能做一切事。我们大概有过这样的对话："你知道吗？我撒尿时不用手扶着鸡鸡。"

"得了吧。"

"外公，是真的。我可以直直尿到马桶里，不会尿到地上。你能吗？"

"那很容易尿到外面。"

"如果你做得好的话就不会，试一试吧。"

"想都别想。你这个小鬼，要是把地板尿湿了，就等着瞧吧。"

马里奥很有教养，同时又很难控制。他的眼力很惊人。"眼力"这个词有某种物理的含义：撞击和速度。就好比眼球恶狠狠瞄准，去打击世上的某个东西，击中了目标，领会到它的含义。我厌倦了绘画语言，厌倦了大大小小的图像，还有糟糕的画面，我厌倦了一切。我得当心家里的阳台，我会好好说说萨维里奥和贝塔。免得他们只想自己，从不在意我的感受。萨莉被关在了阳台上，马里奥也可能被关在阳台上，我怎么办呢？

今天早上，我不知道我是为孩子担心，还是很害怕他。

Domenico Starnone
Scherzetto
Copyright © 2016 Giulio Einaudi Editore S. p. A. , Torino
Simplified Chinese edition copyright © 2022 Archipel Press
All rights reserved.
Questo libro è stato tradotto grazie ad un contributo del Ministero degli Affari
Esteri e della Cooperazione Internazionale Italiano.
图字：09-2021-807 号

本书的翻译得到了意大利外交与国际合作部的特别经费支持

图书在版编目(CIP)数据

玩笑/（意）多梅尼科·斯塔尔诺内著;陈英译
. —上海：上海译文出版社，2022.4
ISBN 978-7-5327-8925-2

Ⅰ.①玩… Ⅱ.①多… ②陈… Ⅲ.①长篇小说-意
大利-现代 Ⅳ.①I546.45

中国版本图书馆 CIP 数据核字(2022)第 048947 号

玩笑

[意大利]多梅尼科·斯塔尔诺内 著 陈英 译
特约策划/彭伦 责任编辑/徐珏 封面设计/Lika

上海译文出版社有限公司出版、发行
网址：www. yiwen. com. cn
201101 上海市闵行区号景路 159 弄 B 座
上海市崇明县裕安印刷厂印刷

开本 850×1168 印张 6.5 插页 2 字数 87,000
2022 年 7 月第 1 版 2022 年 7 月第 1 次印刷
印数：00,001—12,000 册

ISBN 978-7-5327-8925-2/I · 5527
定价：59.00 元